ハヤカワ文庫 SF
〈SF2195〉

いたずらの問題

フィリップ・K・ディック
大森 望訳

早川書房

8228

THE MAN WHO JAPED

by

Philip K. Dick

Translated by
Nozomi Ohmori
Published 2018 in Japan by
HAYAKAWA PUBLISHING, INC.
This book is published in Japan by
direct arrangement with
THE WYLIE AGENCY (UK) LTD.

The official website of Philip K. Dick: www.philipkdick.com

いたずらの問題

1

午前七時、業界最後発にしてもっともクリエイティブな調査代理店《リサーチ・エージェンシー》の前途洋々たる青年社長、アレン・パーセルは、ベッドルームをなくした。しかし、キッチンを獲得した。このプロセスは自動的で、壁面に埋め込まれた酸化鉄混合テープに制御されている。機械にはうといアレンだが、この変形に異論はなかった。すでに目を覚まして、いつでも起きだせるかまえだったのである。

目をすがめ、あくびをすると、立ち上がって、料理用レンジをリリースする手動ボタンを手探りする。レンジは例によって、壁の中に半分埋まったまま、途中でひっかかっていたが、一度、強く押してやればいいだけのこと。ボタンをぐっと押すと、シューッと音がして、レンジが出現した。

アレン・パーセルは一国一城の主《あるじ》だった。さいわいなるモレクの尖塔《せんとう》を一望できるこのワンルーム・アパートメントが、彼の城。アパートメントを勝ちとるのは、なみたいていのことではない。この部屋は、両親が残してくれた財産で、貸借権は四十年以上の長きにわたって維持されている。薄い漆喰板《しっくいいた》に囲まれたこの箱には、はかりしれない価値があった。からっぽの空間は、金銭であがなうことができない。

レンジは、きちんと展開すると、流し台兼食卓兼食器棚になる。蝶番《ちょうつがい》でつながれた二脚の椅子が下から引き出せる構造になっているし、日用品保管スペースの下には皿がしまってある。室内の大部分はこれでふさがれてしまうが、着替えができるだけの空間はじゅうぶん残っている。

先に起きた妻のジャネットは、苦労してスリップを着終え、いまは腕にスカートを抱えたまま、眉根にしわを寄せ、途方に暮れたように周囲を見まわしている。集中暖房システムの暖気も、まだこのアパートメントまではとどいていない。ジャネットがぶるっと身震いした。秋の寒い朝には、ジャネットはいつも、ふるえながら目を覚ます。アレンの妻となってからもう三年がたつというのに、いまだに部屋の変形に慣れるようすがない。

「どうしたんだ？」

と、パジャマを脱ぎながら声をかける。冷たい空気は、こんなに爽快《そうかい》なのに。アレンは大きく息を吸った。

「テープをセットしなおしたいわ。十一時ぐらいに」

そう答えて、ジャネットが着替えを再開した。動作は緩慢《かんまん》で、見るからに無駄な動きが多い。

「ほら、レンジのドア」といって、レンジをあけてやった。「身の回りのものをしまうといい。いつもそうしてるだろ」

うなずいて、ジャネットはいわれたとおりにした。代理店《エージェンシー》は、八時きっかりにオフィスをあけなければならない。つまり、混雑した通行帯《レーン》を歩く三十分の通勤時間を考えて、それに間に合うように起きなければならないということ。いまでさえ、一階や他のアパートメントから、人々の活動の物音が聞こえてくる。廊下からはくぐもった足音が響く。共同バスルームの前には、列ができはじめているころだ。

「先に行ってくれ」

はやく着替えと一日のしたくをさせようと、ジャネットに声をかけた。歩きだした妻の背中に向かって、

「タオルを忘れるなよ」

ジャネットは従順《じゅうじゅん》に、化粧品、せっけん、歯ブラシ、タオルなどを入れたポーチを持って、アパートメントを出た。廊下に集まっているご近所の人たちがあいさつする声が聞こえてくる。

「おはようございます、ミセス・パーセル」

ジャネットの眠そうな声がそれに答えて、

「おはようございます、ミセス・オニール」

それから、ドアが閉じた。

妻がいないあいだに、アレンは薬品スロットから二錠のコルト－チアミン・カプセルを振り出した。ジャネットは、あらゆる種類の錠剤や吸入薬をそろえている。十代のはじめ、波状熱――植民惑星に自然農場を建設する試みの副産物として復活した伝染病――に罹《かか》ったことがあるせいだ。二錠のコルト－チアミンは二日酔い対策。ゆうべはワインをグラスで三杯、それも空《す》きっ腹に流し込んだのだ。

北海道エリアにはいるのは、計算済みのリスクだった。きのうは会社《エージェンシー》で夜十時まで残業した。疲れてはいたものの、まだ頭がさえていたので、戸締まりをすませたあと、会社の小型船で遠乗りに出た。T－Mに急ぎの品を納品するのに使っている、ひとり乗りのスライバー。新ニューヨークを出ると、あてどなく船を飛ばし、そのあと東に進路をとって、ゲイツとシュガーマンの家を訪ねた。しかし、長居はせず、十一時にはもう、帰途《きと》についていた。それでも、北海道には行っておく必要があった。そこには、リサーチが関係している。

調査代理店業界に君臨するビッグ・フォーにくらべれば、彼の会社など数のうちにもはいらない。アレン・パーセル社には、財政的な自由もアイデアの貯《たくわ》えもない。パケットは、毎日、自転車操業でまとめられている。お抱えのスタッフは——アーティスト、歴史家、倫理コンサルタント、表現アドバイザー、演出家——過去に成功したパターンを研究するのではなく、将来のトレンドを予測しようとしている。それが、アレン・パーセル社の短所でもあり、長所でもあった。

ビッグ・フォーは、保守的で狭量《きょうりょう》だ。長年の歳月をかけて彼らが完成させた標準パケットは、革命以前の時代にストレイター大佐その人が使っていた、時の試練に耐えてきた公式と、基本的には変わっていない。当時の道徳再生運動《モラル・レクラメーション》は、俳優と講演者の一団が各地を放浪し、メッセージを伝えるというもの。そして、ストレイター大佐はメディアの天才だった。もちろん、基本的なパターンは現在もじゅうぶん有効だが、しかし、新しい血が必要とされている。当時は、大佐自身が新しい血だったのだ。ストレイター大佐は、もともとアフリカーンス帝国（再建されたトランスヴァール州）の実力者で、その時代に眠っていた道徳の力をふたたびよみがえらせたのである。

「あなたの番よ」

もどってきたジャネットが、声をかけてきた。

「せっけんとタオルは向こうに置いてきたわ。だから、すぐに行ったほうがいいわよ」

アレンがアパートメントを出るとき、ジャネットは身をかがめて、朝食の皿をとりだそうとしていた。

朝食には、いつもどおりの十一分を要した。アレンは、習慣になった一心不乱の流儀で食事をすませた。コルトーチアミンのおかげで、胃のむかつきは消えている。向かいでは、ジャネットが半分食べかけの皿を押しやり、髪の毛をとかしはじめた。窓ガラスが——スイッチひとつで——鏡に変わる。これもまた、委員会の住宅局が開発した、巧妙な空間節約技術のひとつ。

「帰りが遅かったのね」やがて、ジャネットがぽつりといった。「ゆうべのことよ」

ちらっと目を上げて、

「でしょ？」

その質問は不意打ちだった。ふだんのジャネットは、探りを入れるタイプの女ではない。自分自身の頼りなさという霧の中で迷子にでもなっているような感じで、そもそも悪意を持つことができないたちだ。しかし、考えてみれば、べつに探りを入れてるわけではなく、心配しているだけなのだろう。たぶん、ベッドにははいったものの、夫の無事を案じて、天井《てんじょう》を見上げたままずっと起きていたにちがいない。そして、午後十一時四十分になってようやくアレンが帰宅し、ジャネットはとなりにすべりこんできた夫にキスして、眠りに落ちたのだ。

「北海道に行ってたの？」とジャネット。

「ちょっとのあいだだけどね。シュガーマンはアイデアの宝庫なんだ……話してると、いろいろと刺激される。ゲーテを扱った、うちのパケットを覚えてるかい？　ほら、レンズを研磨《けんま》する仕事に関するやつだよ。シュガーマンが話題にするまで、一度も聞いたことがなかった。光学的な視点は、いい道再《モレク》になる――ゲーテはそれを天職と考えていた。詩の前にプリズムありき、だよ」

「でも――」ジャネットは両手で、おなじみの神経質なしぐさをした。「シュガーマンはインテリでしょ」

「だいじょうぶ、だれにも見られてない」

そう確信しているのには、じゅうぶんな根拠があった。日曜の夜の午後十時には、ほとんどの人間がベッドについている。シュガーマンとグラス三杯つきあい、トム・ゲイツが蓄音機で再生したシカゴ・ジャズを三十分拝聴した――それだけのこと。これまでに何度もやっていることだし、とりたてて面倒が生じたことは一度もない。

かがみこんで、きのう履《は》いていたオックスフォードを拾い上げた。泥がはねている。それに、どちらの靴にも、乾いた赤ペンキのはねがこびりついている。

「美術部のペンキね」

ジャネットは、エージェンシーに入社した一年め、アレンの秘書兼書類係として働いていたから、オフィス内のことはよく知っている。

「赤ペンキなんかでなにをしてたの？」

アレンは答えなかった。黙って靴を調べつづける。

「それに、泥」とジャネット。「おまけに、ほら」

手をのばし、片方の靴の裏についていた乾いた芝生の切れ端をつまみあげて、

「北海道のどこで芝生なんて見つけたの？　あの廃墟で育つ植物なんてないはず……汚染されてるんでしょ？」

「ああ」

と、アレンは認めた。それはたしかだ。あの島は、集中攻撃を浴びた。存在するあらゆる種類の毒物と致死物質で爆撃され、洗浄され、汚染され、感染させられた。道徳再生運動はなんの役にも立たず、もちろん物理的な再建も不可能。北海道はいまなお、一九七二年、終戦の年と同様に、不毛な死の土地でありつづけている。

「地球の芝ね」

と、ジャネットが草の葉を指先でいじりながらいった。

「そのくらい、わたしにだってわかるわ」ジャネットは、これまでの生涯の大部分を、植民惑星で過ごしている。「手ざわりがやわらかいもの。外来種じゃない……この地球に生えてる草よ」

アレンはいらだちを含んだ声で、

「地球のどこ？」

「〈公園〉よ。芝が生えてるのはあそこだけ。ほかはぜんぶアパートメントとオフィスだもの。あなた、きのう、〈公園〉に行ってたのね」

アパートメントの窓の外では――さいわいなるかな――モレクの尖塔が、朝日を浴びて輝いている。その下に広がっているのが〈公園〉だ。〈公園〉と尖塔が、モレクの中核、世界の中心《オムパロス》をなしている。その〈公園〉の、芝生と花々と灌木《かんぼく》のあいだに、ストレイター大佐の銅像がある。生前の大佐の姿をかたどった、政府認定の公的な像。百二十四年にわたって、銅像はそこに立ちつづけている。

「〈公園〉を歩いて帰ってきたんだよ」

と、アレンは認めた。食事の手が止まり、皿の上の〝卵〟が冷めかけている。

「でも、そのペンキ……」

ジャネットの声には、どことなく、不安と心痛の響きがあった。危機的な状況に直面すると、ジャネットはいつもそんな口調になる。どうしようもない不吉な予感が体を麻痺《まひ》させて、行動する能力を奪ってしまう……そんな感じだった。

「なにかまちがったことをしたわけじゃないでしょうね」

貸借権のことがジャネットの頭にあるのはまちがいない。額《ひたい》をこすりながら、アレンは立ち上がった。

「七時半だ。仕事に行かないと」

ジャネットも立ち上がった。

「でも、まだ食事が終わってないわ」

アレンはいつも、きちんと朝食をすませてから出勤する。

「ねえ、具合が悪いわけじゃないんでしょ？」

「このぼくの具合が悪いって？」

アレンは笑って妻の唇にキスすると、コートをとって、

「ぼくが最後に病気になったのっていつだっけ？」

「病気になったことなんかないわ」

つぶやくように答えると、ジャネットは不安そうな目でこちらを見つめた。

「あなたになにかあることなんか、ぜったいないものね」


居住ユニットの一階では、ビジネスマンたちがブロック理事のテーブルの前に集まっていた。毎朝のチェックがおこなわれている最中で、アレンもそのグループにくわわった。朝の空気にはオゾンのにおいが満ち、その清浄な香りのおかげで頭がすっきりする。生来の楽観主義もよみがえってきた。

親市民委員会は、各居住ユニットに女性の官僚を配置している。このブロックの理事、ミセス・バーミンガムは、その典型的なひとりだった。ふくよかで血色がよく、年齢は五

十代の半ば。飾りつきの花柄のワンピースに身を包んで、官給品の大仰《おおぎょう》な万年筆で報告書をしたためている。ブロック理事は名誉ある地位で、ミセス・バーミンガムは長年このポストにある。

「おはようございます、ミスター・パーセル」

アレンの番が来ると、ミセス・バーミンガムは射すくめるような視線を投げてきた。

「おはようございます、ミセス・バーミンガム」

といって、アレンは帽子に手をやった。ブロック理事はささやかな礼儀に非常な重きを置いている。

「いい一日になりそうですね、雲が出ないとしてですけど」

「穀物には恵みの雨ですわ」

これはジョーク。食糧と工業製品は事実上すべて、自動工場《オートファク》のロケットで運ばれてくる。ごくかぎられた量の自給品目は、せいぜい、植民惑星からの輸入品の出来を判断する基準として役に立つ程度。かつて存在した本物を思い出させてくれるようすがといってもいい。

ミセス・バーミンガムは、縦長の黄色いノートになにかメモして、

「きょうはまだ……かわいい奥様にお目にかかってませんわね」

妻の遅刻をいいわけするのはいつもアレンの役回りだった。

「ジャネットは、ブッククラブの集会の準備をしてるんです。きょうは特別な日でして。

会計に昇進したんですよ」

「それはそれは。とてもすてきな女性ですものね。ちょっとひっこみ思案なところがおありのようですけれど。もうちょっと他人とうちとけたほうがいいでしょうね」

「ええ、おっしゃるとおりです」とアレンはうなずいた。「なにしろ、人間の少ない広々した場所で育ったものですから。ベテルギウス4ですよ。まわりは岩とヤギばかり」

接見はこれでおしまい、やっと放免されると思ったが——アレン自身の行動に疑義が生じることはめったにない——とつぜんミセス・バーミンガムが、杓子定規《しゃくしじょうぎ》でビジネスライクな態度になり、

「ゆうべはお帰りが遅かったようですね、ミスター・パーセル。お楽しみでしたか？」

やれやれ。アレンは心の中で悪態《あくたい》をついた。どこかの監視虫《ジュブナイル》に目撃されたにちがいない。

「それほどでも」

どの程度まで見られたのだろう。夜間飛行の最初のうちから尾行がついていたとしたら、ずっとつけられていたかもしれない。

「北海道にいらっしゃいましたね」とミセス・バーミンガム。

「リサーチですよ」と、アレンは防御態勢をとった。「エージェンシーの仕事で」

この戦法こそ、道徳社会におけるもっとも有効な弁論術だ。アレンはそこに、ひねくれた楽しみを見いだしていた。相手は機械的に反応する官僚だが、一方アレン自身は、幾重《いくえ》

にも重なった習慣の層を突き破り、直接攻撃する。それが、アレンのエージェンシーの成功の秘訣《ひけつ》であり、彼の個人的生活の成功の秘訣でもある。

「テレメディアの必要は、個人的感情に優先します。もちろんご理解いただけると思いますが」

自信満々の口ぶりが功を奏し、ミセス・バーミンガムの顔に甘ったるい笑みがもどった。

万年筆で走り書きすると、ミセス・バーミンガムは目を上げて、

「こんどの水曜のブロック集会にはいらっしゃいますか？　もうあさってですけれど」

「もちろんまいります」

長年の経験で、アレンは集会のはてしないやりとりにじっと耐えるすべを学んでいた。近所の人間たちとひとつの部屋にぎゅうぎゅう詰めに押しこめられる苦痛にも、そして、委員会代表がテープをとりだすあいだじゅう不気味にうなりつづけるジュブナイルの存在にも。

「でも、ぼくでは、たいしてお役に立てることもなさそうですが」

アレンは、だれがどんなあやまちをおかしたんだろうと考えるのに忙しく、会話のなりゆきにも半分うわの空で、

「首まで仕事に浸《つ》かってるものですから」

「ひょっとしたら……」

と、ミセス・バーミンガムはからかい半分、もったいぶった〝今週の御言葉《みことば》〟口調半分で、

「二、三の批判が寄せられるかもしれません――あなたに」

「ぼくに？」

アレンは不意をつかれて顔をしかめ、不安を感じた。

「報告書をぱらぱら見ていたときに、あなたのお名前があったような気がしたものですから。でも、勘違いかもしれませんね。わたしにだって、まちがえることはありますから。ほんとうに」

ミセス・バーミンガムは軽く笑った。

「勘違いでないとしたら、まちがいなく、ずいぶんひさしぶりのことですわね。けれど、完璧な人間なんていませんから。わたしたちはみな、死すべきさだめの人間なのです」

「北海道の件ですか？」

と、アレンは聞き返した。それとも、そのあとの一件か。ペンキと、草。どっと記憶がよみがえってくる。ぼうっとした頭で斜面を滑《すべ》りおりていく尻の下できらきら輝く濡れた芝。揺れる木の枝。はあはあいいながらあおむけに寝転がった頭上に広がる黒い空。雲は、暗黒を背景に浮かぶ実体のないかたち。そしてアレンは大の字に横たわり、星々を呑み込んだ……。

「それとも、そのあとの一件ですか？」

そうたずねたが、ミセス・バーミンガムはすでに、つぎの男のほうを向いていた。

2

モーゲントロック・ビルのロビーは行き来する人々とにぎやかな喧騒《けんそう》に満たされていた。アレンがエレベーター・ホールに向かって歩いていくあいだも、忙しそうな人々がひっきりなしに出入りしている。ミセス・バーミンガムのおかげで遅刻だ。エレベーターは礼儀正しく待ってくれていた。

「おはようございます、ミスター・パーセル」

エレベーターのプログラム音声があいさつし、それからドアが閉じた。

「二階、輸出入業のビーヴィス社でございます。三階、アメリカ音楽協会でございます。四階、調査代理業《リサーチ・エージェンシー》のアレン・パーセル社でございます」

エレベーターが停止し、ドアをあけた。

外の応接ラウンジを、アシスタントのフレッド・ラディーが浮かない顔でうろうろしていた。

「おはよう」

アレンはもぐもぐとつぶやいて、コートを脱いだ。

「アレン、彼女が来てるんだ」ラディーの顔が真っ赤になっている。「おれが出社する前から来ていた。上がってきたら、いたんだよ、そこにすわって」

「だれのことだ？　ジャネットか？」

委員会代表がアパートメントからジャネットを追い出し、貸借権を無効にする場面が、一瞬、脳裡にひらめく。笑顔のミセス・バーミンガムが、うわの空で髪をとかしているジャネットに忍び寄る……。

「いや、奥さんじゃない」ラディーは声をひそめて、「スー・フロストだよ」

アレンは反射的に首をのばしてようすをうかがったが、オフィスのドアはしまっていた。スー・フロストがほんとうに中ですわっているとしたら、アレン・パーセル社の創業以来はじめて、委員会書記の訪問を受けたことになる。

「なんてこった」とアレン。

ラディーはごくりと唾を呑み、

「彼女、あんたに会いたがってる」

委員会は各部の書記を通じて活動する。各書記は、ストレイター大佐直系の子孫、アイダ・ピース・ホイトの直属。スー・フロストは、マスコミを支配する公認政府トラスト、テレメディアの行政官だった。アレン自身は、ミセス・フロストと商売の話をしたことはないし、会ったことさえなかった。ふだんは、T‐M《テレメデイア》の局長で、いつも疲れた声でしゃべる、禿《は》げ頭のマイロン・メイヴィスを窓口に仕事をしている。パケットを買い入れてくれるのはメイヴィスなのだ。

「彼女、いったいなんの用なんだ？」

と、ラディーにたずねた。ミセス・フロストは当然、メイヴィスがパーセル社の製品を仕入れていること、彼のエージェンシーが比較的新参の会社であることなどは承知のうえで訪ねてきたはずだ。辛気《しんき》くさく長ったらしい委員会の調査を予想して、アレンはぞっとしない思いを味わった。

「ドリスに、電話をとりつぐなといっておいたほうがいいな」ドリスは、アレンの秘書のひとり。「ミセス・フロストとの話が終わるまで、オフィスのほうはきみにまかせる」

ラディーは祈りのダンスを踊りながら、あとについてきた。

「幸運を祈るよ、アレン。砦《とりで》の守りはまかせてくれ。もし帳簿類が必要なら――」

「ああ、そのときは連絡する」

ドアをあけると、そこにスー・フロストがいた。

背が高く、どちらかというと骨太《ほねぶと》で、筋肉質の体つき。ダークグレーのスーツはシンプルな粗織《あらお》り。髪に花を飾り、顔立ちは、はっとするほど整っている。見たところ、歳のころは五十代の半ば。柔和《にゅうわ》さを感じさせる部分はほとんど――あるいはまったく――ない。

アレンが知っている委員会の女性のほとんどに共通する、ごてごて着飾ったふくよかで母親っぽい雰囲気とはまったくの正反対。脚はすらりと長く、立ち上がってさっと右手をさしだし力強く握手するそのしぐさは、男性的といってもいいくらいだった。

「こんにちは、ミスター・パーセル」

と、フロストはいった。その声にも、芝居がかった抑揚《よくよう》はない。

「こんなふうに予告もなくやってきて、お気にさわったのでなければいいのだけれど」

「いえいえ、とんでもない」アレンは口の中でもごもごとつぶやいた。「どうぞおかけください」

フロストはまた腰をおろし、脚を組んで、じっとこちらを見ている。その瞳は、ほとんど無色に近い麦わら色。強靭《きょうじん》な材質が、きれいに磨き上げられている。

「煙草は?」

そういってシガレット・ケースをさしだすと、フロストは軽くうなずいて一本とった。アレンは自分も一本くわえながら、年齢も経験も自分より上の女性を相手にしている、気のきかない青二才にでもなったような気分だった。

スー・フロストはたしかに都会のキャリアウーマン・タイプだが、およそブレイク－モフェット社製パケットの主人公にプロポーズされるような女じゃないな。思わずそんなことを考えてしまう。この女には、感情的なもろさとは無縁のきびしさがある。となりのお姉さんタイプではぜったいにない。

「当然のことながら」とスー・フロストが口をひらいた。「これには見覚えがおありでしょうね」

マニラ・フォルダーの紐《ひも》をほどき、一束のスクリプトをとりだす。表紙には、アレンのエージェンシーのスタンプ。フロストはうちのパケットのひとつを持っていて、どうやらすでに目を通しているらしい。

「ええ」とアレンは認めた。「当社のものですね」

スー・フロストはパケットをぱらぱらめくり、それからアレンのデスクに置いた。

「先月、マイロンがこれを受理しました。そのあとで不安になったらしくて、わたしのところに回線で送ってよこしたんです。先週末に時間をつくって、読んでみました」

パケットの表紙がめくられたので、アレンにもタイトルが読めた。彼が個人的にタッチした、高品質の作品だった。これだけの質なら、T‐Mが持っているどのメディアにでも売り込める。

「不安、ですか」とアレン。「どういう意味です?」

胸の奥底に、冷たいかたまりを感じる。まるで、不気味な宗教儀式に参加しているような気持ち。

「パケットにご不満なら、突き返してください。いただいた対価に見合う、かわりの作品を用意しますよ、前にもやったことがある」

「パケットはみごとな仕上がりです」

ミセス・フロストは煙草をくゆらせながらいった。

「いいえ、マイロンにも、突き返すつもりは毛頭《もうとう》ありません。この作品のテーマは、ある植民惑星の男がりんごの木を育てようとするが、その木は枯《か》れてしまう——そういうことですね。その道徳的教訓《モレク》は——」

と、またパケットをとりあげて、

「モレクがなんなのか、わたしにもよくわからないのです。彼はりんごの木を育てようとすべきではなかった、と？」

「ええ、その星では」

「地球のものだから——ということですか？」

「彼は社会の利益のために働くべきであって、個人的な商売に精を出すべきではなかったということです。彼はコロニー自体を目的と見なしていました。しかし、それは手段なのです。これが核心ですよ」

「オムパロスですね」とミセス・フロストはうなずいた。「宇宙のへそ。そして、りんごの木は——」

「りんごの木は、移植されると衰退してしまう地球の産物を象徴しています。魂《たましい》というか、その精神的な側面が死んでしまうのです」

「でも、この地球でりんごの木を育てることはできませんよ。場所がありませんから。どこもかしこも都会です」

「象徴的にいえば」とアレンは説明した。「その男は、ここに自分の根を張っているべきだったのです」

スー・フロストは、しばし口をつぐんだ。アレンはおちつかない思いで煙草をふかしながら、ひっきりなしに脚を組み替えていた。心の緊張は、ほぐれるどころか、つのるばかり。すぐ近くの、べつのオフィスで、スイッチボードがブーッと鳴った。ドリスのキーボードがカタカタと音をたてている。

「おわかりでしょうが、このパケットの趣旨は、基本政策と矛盾します」

と、ややあってフロストが口をひらいた。

「委員会は、外惑星での農業に、数兆ドルの予算と何年もの歳月を投じてきました。地球産の植物を植民惑星に移植するために、ありとあらゆる試みがなされています。それに成功すれば、食糧の供給源になるはずです。一般大衆は、これがたいへんな難事業であることを理解してくれています。失望のはてしない連続にもくじけてはならない遠大な計画だと……。ところがあなたがたは、外惑星の果樹園は失敗すると主張している」

アレンは口をひらきかけたが、途中で考えを変えた。完全にノックアウトされた気分だった。ミセス・フロストは探るような視線をこちらに向けている。こういう場合の通例どおり、彼が自己弁護をはじめると思っているらしい。

「こちらにメモがあります」と彼女はつづけた。「読んでくださってけっこうです。この件について、マイロンがよこしたメモです」

短いメッセージは、鉛筆でこう書いてあった。

『スー——

またおなじ社の製品だ。最上級だが、上品すぎる。

きみのほうで決めてくれ。

M』

「マイロンは、いったいなにがいいたいんです？」

さすがのアレンも、こんどばかりは腹が立った。

「モレクが見つからないといいたいのですよ」

と、ミセス・フロストはこちらに身を乗り出し、

「あなたのエージェンシーが発足して、まだ三年にしかなりません。非常に順調なすべりだしでした。最近の売上高はどうなっています？」

「帳簿を見てみないと」アレンは立ち上がった。「ラディーを同席させてもかまいませんか？　マイロンのメモを見せたいもので」

「かまいませんとも」とミセス・フロスト。

フレッド・ラディーが、びくびくしたぎこちない足どりで、オフィスにはいってきた。アレンがパケットをわたすと、

「どうも」

と口の中でつぶやいて、メモを読む。だが、ラディーの目に理解の光は浮かばない。見えない波長に同調しているような顔だ。鉛筆書きの文字ではなく、緊張した雰囲気を通じて、メモの意味が伝わっている。

「なんというか、まあ」と、ようやくぼうっとした顔で口をひらき、「ぜんぶがぜんぶこっちの勝ちとはいきませんからね」

「当然のことながら、このパケットはひきあげます」

アレンがパケットについているメモをはがしはじめると、ミセス・フロストはそれを手で制して、

「そちらの対応はそれだけですか？　そのパケットがほしいと、はっきり申し上げたはずです。ただ、いまのままのかたちではひきとれないんです。あなたがたのエージェンシーにゴーサインを出すかどうかはわたしの判断にかかっていることを、あらかじめお知らせしておくべきでしょうね。すでに多少の議論があり、わたしは最初の段階からそれにくわわっています」

ミセス・フロストは、マニラ・フォルダーからもうひとつパケットをとりだした。これまた、おなじみのパケット。

「これはご記憶ですか？　二一一二年五月付けです。これについては、何時間も議論しました。マイロンは気に入ってますし、わたしも同様です。しかし、ほかの人間は全員、反対の意見でした。マイロンはもう逃げ腰になっています」

ミセス・フロストは、アレン・パーセル・エージェンシーが制作したパケットの第一号をデスクに投げ出した。

しばし間を置いて、アレンがいった。

「マイロンはうんざりしはじめてる、と」

「相当に」とミセス・フロストはうなずいた。

フレッド・ラディーが背をかがめて、

「われわれは結果を出すのを急ぎすぎたんじゃないかな」

とささやくと、ひとつ咳払いして、こぶしの関節をポキポキ鳴らし、天井をあおいだ。光る汗の玉が髪の毛をつたい、つるつるにひげを剃った下あごに流れ落ちる。

「ぼくたちはちょっとした——興奮状態にあった」

アレンはミセス・フロストに向かって、

「わたしの立場は単純です。そのパケットの中で、われわれは地球が核心であるというモレクをうちたてました。それは本物の原理ですし、わたしはそれを信じています。信じていなければ、パケットをまとめることなどできなかったでしょう。パケットはひきあげますが、変更を加えるつもりはありません。実践のない道徳を説くつもりはないのです」

苦しげな、ふるえる声で、ラディーが発作的に反対意見をつぶやいた。

「道徳の問題じゃないよ、アル。明晰《めいせき》さの問題なんだ。そのパケットのモレクは、期待どおりの成果をあげていない」

かすれたその声には、うしろめたい響きがあった。自分がなにをしようとしているかをわかっていて、それを恥じている。

「ぼくには――ミセス・フロストのいいたいことがわかるよ。ああ、わかるとも。そのパケットは、たしかにぼくたちが農業プログラムを攻撃しているように見える。しかし当然、こっちにはそんなつもりはない。そういうことじゃないのかい、アル?」

「きみはくびだ」とアレンはいった。

ふたりが同時にアレンの顔を見つめた。ふたりとも、アレンが本気でいっているのかどうかを決めかねている。

「ドリスにいって、給料を清算してもらえ」

アレンはデスクのパケットをとると、それを手に持ったまま、

「もうしわけありません、ミセス・フロスト。しかし、エージェンシーを代表して発言す

る資格があるのはわたしだけなのです。このパケットの代金はクレジットにして、べつのパケットをおわたしします。それでよろしいですか？」

ミセス・フロストは煙草を消しながら立ち上がった。

「決断なさるのはあなたですから」

「ありがとうございます」

といいながら、緊張の糸がほぐれるのを感じた。ミセス・フロストはこちらの立場を理解し、認めてくれた。そこが最大のポイントだ。

「すみません」ラディーが蒼白な顔でつぶやいた。「いまのはぼくの失言でした。パケットは問題ありません。いまのままの状態で完全です」

それから、アレンのそでをひっぱって部屋のすみに連れていく。

「まちがいだったのは認めるよ」

ラディーの声が、あえぐようなささやきになっている。

「もうすこし話し合おう。ぼくはただ、無数の見方の中のひとつを述べようとしただけじゃないか。ぼくの意見を求めたのはそっちだろう。つまり、ぼくにいわせれば、エージェンシーの利益を第一に働いたことでぼくを罰するっていうのは、筋が通らないんじゃないか」

「さっきいったことは本気だ」とアレン。

「そうかい?」ラディーは笑った。「当然、本気だろうさ。あんたがボスだからな」

ラディーの体がぶるぶるふるえている。

「ほんとに冗談じゃないのか?」

コートをとって、ミセス・フロストはドアのほうに歩きだした。

「こちらに来たついでに、エージェンシーの中を見せていただきたいんですけれど。よろしいですか?」

「もちろんですよ」とアレンはいった。「ご案内できるのは光栄です。自慢のオフィスでしてね」

ミセス・フロストのためにドアをあけてやり、ふたり連れ立って廊下に出た。ドアをしめるとき、ひとりオフィスに残されたラディーが、病人のような顔で、視線を宙にさまよわせているのが見えた。

「彼のことは気にしてませんわ」とミセス・フロストがいった。「彼がいないほうが、あなたはうまくやっていけるんじゃないかしら」

「やりたくてやったことじゃありませんよ」

そういったものの、すこし気分がよくなった。

3

マイロン・メイヴィスのオフィスの外の大部屋では、テレメディアの従業員たちが一日の仕事を終えようとしていた。T－Mビルは、中央部が空洞になった正方形のかたちをしている。まんなかのオープン・スペースは、野外セットに使われているが、いま現在、撮影はおこなわれていない。時刻は五時半で、全員、退勤準備に余念がない。

公衆電話を見つけて、アレン・パーセルは自宅の妻に電話を入れた。

「夕食には間に合いそうもないよ」

「あなた――だいじょうぶなの？」

「ああ、だいじょうぶだ。しかし、食事は先にすませててくれ。エージェンシーで大事件勃発だ。一大危機でね。外でなにか食べて帰る」

それからもうひとこと、

「いま、テレメディアにいるんだ」

「長くかかりそう？」ジャネットが心配そうにたずねた。

「長く長くかかりそうだよ」

そういって、アレンは電話を切った。

スー・フロストのところにもどると、彼女が口をひらき、

「ラディーはいつからあなたのところで働いてたの？」

「創業以来の生え抜きですよ」

そう考えると、つらい気持ちになる。三年か。やがて、つけたすように、

「ぼくの眼鏡にかなった唯一の人間です」

オフィスの奥で、マイロン・メイヴィスは、きょう一日のアウトプットを複製して、委員会の保証メッセンジャーに引き渡しているところだった。ダビングされたフィルムは恒久的なファイルにおさめられて、素材の調査がおこなわれることになった場合に、検査の対象となる。

若い公認メッセンジャーに向かって、ミセス・フロストがいった。

「まだ行かないで。これから帰るの。いっしょに来ていいわ」

若者は、金属缶を腕いっぱいに抱えたまま、礼儀正しくうしろに下がった。制服はストレイター大佐軍団《コホーツ》の地味なカーキ色。モレク創始者の男性の子孫によって構成されるエリート集団の一員というわけだ。

「いとこなの」とミセス・フロストが説明した。「父方の、遠い遠い義理のいとこ」

砂のように無表情な顔で立っている若者に向かってうなずいてみせる。

「名前はラルフ・ハドラー。そばに置いておきたくて」

それから声を大きくすると、

「ラルフ、蒸気駆動車《ゲッタバウト》を見つけてきてちょうだい。裏のどこかに停めてあるわ」

ひとりでも集団でも、軍団員がそばにいると、どうもおちつかない気持ちになる。ユーモアのかけらもなく、機械のように骨惜しみしない。数がすくないにもかかわらず、どこにでもいるように見える。アレンの空想の中では、軍団員はいつも動いている。そして、一日が終わるころには、軍隊アリのように、軍団員は数百マイルを踏破《とうは》している……。

「いっしょに来るでしょ」

と、ミセス・フロストがメイヴィスに声をかけた。

「ああ、もちろん」

メイヴィスが口の中でつぶやいて、デスクの上の、まだかたづいていない仕事の山を整理しはじめた。メイヴィスは潰瘍《かいよう》持ちで、神経質な心配症。くしゃくしゃのシャツに、プレスしたあとのないだぶだぶのツイード・ジャケットを着ている。頭の容量がいっぱいになると、いっぺんに切れてしまうタイプ。メイヴィスがかんしゃくを起こし、部下たちが右往左往するはめになった、さんざんな商談のことが思い出された。メイヴィスがいっしょに来るとなると、これからの数時間は相当疲れるものになりそうだ。

「ゲッタバウトで落ち合いましょう」と、ミセス・フロストがメイヴィスに向かっていった。「まずここをかたづけて。車で待ってるから」

フロストと並んで歩いていくあいだに、アレンは周囲を観察した。

「ずいぶん広いんですね」

ひとつの機関が——いくら政府機関だといっても——ビルをまるごと占領しているというのは分不相応に思える。しかも、施設の大部分は地下にある。この社会にあって、テレメディアは神にも等しい。そして、T-Mのさらに上には、書記たちと委員会自体が君臨《くんりん》する。

「たしかに広いわね」

と、ミセス・フロストがうなずいた。マニラ・フォルダーを両手で胸に抱き、廊下を颯《さつ》爽《そう》と歩いていく。

「でも、わからないわ」

「なにがわからないんです?」

ミセス・フロストは謎めいた口調で、

「ひょっとしたら、もっとちいさいほうがいいかもしれない。巨大な爬虫類《はちゅうるい》がどうなったかを考えると」

「活動を縮小すべきだということですか?」その結果生じることになる空洞を思い浮かべ

ようとする。「で、かわりになにを？」

「ときどき、T‐Mをいくつかのユニットに分割したらどうかってアイデアをもてあそぶことがあるの。たがいに関連はしているけれど、独立して運営される組織にね。ひとりの人間が、T‐M全体に対して責任を負うことができるものかどうか……あるいは、負っていいものかどうか」

「そうですね」と、メイヴィスのことを考えながら、「まあ、寿命を縮めることにはなるでしょうね」

「マイロンはもう八年、T‐Mの局長をつとめているわ。まだ四十二歳なのに、八十に見える。胃が半分しかないのよ。いつか電話がかかってきて、マイロンがヘルス・リゾートに引きこもったと知らされるんじゃないかって気がする。そして、リゾートからビジネスを監督するの。それとも、〈来世《アザーワールド》〉から――あそこ、サナトリウムにそういう名前をつけてるのよ」

「ずいぶん遠くなりますね、どちらにしても」

外に通じるドアの前まで来たところで、ミセス・フロストが足を止めた。

「あなたはずっと、T‐Mを外から観察できる立場にあった。どう思う？　正直にいってちょうだい。効率的だといえるかしら？」

「ぼくの見た部分は効率的でした」

「アウトプットはどう？　T‐Mは、あなたの会社のパケットを買って、各メディアに合わせた額縁《がくぶち》に入れる。最終的な製品に対しての見解は？　加工されていく過程で、モレクが歪曲《わいきょく》されてない？　自分のアイデアが、メディアに流されるまで生き延びてると思う？」

　アレンは、いちばん最近、T‐Mの絵空事をちゃんと最後まで見通したのがいつだったか、思い出そうとした。エージェンシーでは日常業務の一環として番組をモニターし、自社のパケットにもとづく番組の録画をそろえている。

「先週、TV番組をひとつ見ましたよ」

　ミセス・フロストは、あざけるようにグレイの眉を上げてみせた。

「三十分？　それともまるまる一時間？」

「一時間番組でしたけど、ぼくらが見たのは一部分だけでした。階下《した》に住んでる友だちのアパートメントで。女房といっしょにジャグルをプレイしてましてね、ひと息入れたときに見たんですよ」

「まさか、自宅にテレビがないなんて！」ミセス・フロストがおおげさに驚いてみせる。

「階下の住人がうちのブロックのドミノなんです。彼らが倒れると、残りのぼくらもみんな倒れる。どうやら、パケットは成功をおさめつつあるらしい」

　ふたりは外に出て、停めてあったゲッタバウトに乗りこんだ。頭の中でざっと計算してみる。貸借権の種別からすると、この地域《ゾーン》はもっとも人口密度の低い範囲にある。1から14のあいだ。ここに住める人間はそう多くない。

「ドミノ・メソッドは認めてるの？」

メイヴィスを待つあいだに、ミセス・フロストがたずねた。

「経済的なのはたしかですね」

「でも、いくつか問題点がある。と？」

「ドミノ・メソッドが機能するのは、人間が、自分の属するグループの信じることを信じているのが前提です。それ以上でも以下でもなく。変わり者がひとりでもいれば、ドミノ・メソッドはなりたたなくなる。たとえば、自分のブロック・ドミノからアイデアをもらうかわりに、自分で自分のアイデアを生み出す人間がいた場合には」

「おもしろいわ。無から生まれるアイデアだなんて」

「ひとりの人間の心から、ですよ」

こんなことを口にするのがあまり賢明なことでないのはわかっていたが、同時に、ミセス・フロストが自分に敬意を抱き、本気で意見を聞きたがっているのだとも感じていた。

「非常にめずらしい状況ではありますね」とアレンは認めた。「しかし、そういう事態が生じる可能性はある」

車の外で物音がした。ぱんぱんにふくらんだブリーフケースを小脇に抱えたマイロン・

メイヴィスと、メッセンジャー小包みを鎖でベルトにつないだ、にこりともしないストレイター大佐軍団の若者がこちらにやってくる。

「あなたのこと、忘れてたわ」

ふたりが乗りこんでくると、ミセス・フロストはいとこに向かっていった。ゲッタバウトはちいさく、四人乗ると、余分なスペースはほとんどない。運転席にはハドラーがすわった。エンジンをかけると、車は――パイル・ドライヴの蒸気で走る――通行帯《レーン》にそってそろそろと進みはじめた。委員会ビルへの道中ですれちがったゲッタバウトは、三台きりだった。

「パーセルさんはドミノ・メソッドに批判がおありなのよ」とミセス・フロストがマイロン・メイヴィスに向かっていった。

メイヴィスはかすかなうめき声を洩らし、赤い目をしばたたくと、自分に活を入れた。

「うーん」とつぶやいて、「そりゃあいい」

メイヴィスはポケットいっぱいの紙切れをよりわけはじめた。

「五分間スポットにもどって、がんがんいこうぜ」

運転席の若いハドラーは、背筋を完璧にまっすぐのばし、あごをつきだしてすわったまま、ぴくりとも動かない。前方のレーンを横切る歩行者を見て、ハンドルをぎゅっと握る。

ゲッタバウトは、時速三十キロのスピードに達し、四人全員がおちつかない思いを味わっていた。

「飛んだほうがましだな」とメイヴィスがうなる。「それとも歩くか。こんな中途半端じゃだめだ。おれたちにいま必要なのは、ビールが二本。それで去りにし日々にもどれるってもんだ」

「パーセルさんは、ユニークな個人を信じているのよ」とミセス・フロスト。

　メイヴィスはアレンにちらっと目を向けて、

「リゾートもおなじ考えだよ。強迫観念だな、昼も夜も」

「わたしはずっと、見せかけだけだと思ってたけど」とミセス・フロスト。「人間に一線を越えさせるための」

「人が一線を越えるのは、ヌーズだからさ」

と、メイヴィスがきっぱりいった。〝ヌーズ〟というのは、神経性精神病患者《ニューローサイキアトリック》を意味する蔑称《べっしょう》で、アレンの嫌いな言葉だった。理性に欠けるその野蛮《やばん》な響きは、黒んぼ《ニガー》とかユダ《カイ》公《ク》とかの、憎しみに満ちた過去の呼び名を思い出させる。

「やつらは弱くて、落ちこぼれで、耐えられないんだ。こっちの世界でがんばり抜くための道徳的強さを持っていない。赤ん坊みたいに、快楽だけを求める。飴《あめ》とアイスキャンディをほしがる。ヘルス・リゾート・ママからのコミックブックを」

　メイヴィスの顔には、いいようのない苦さがあった。肉をむしばみ骨を露出させる溶剤の苦さ。こんなにも疲れ、沈み込んだメイヴィスを見るのははじめてだ。

「どっちにしても」とミセス・フロストがうなずいて、「わたしたちには用のない人たちだわ。向こうに行ってくれたほうがいいのよ」

「あの連中みんなを、向こうじゃどうしてるんだろうと思うことがあるよ。リゾートに逃げこんだ背信者の正確な数はだれも把握してない。身内の恥は隠したがるから、親戚はみんな、いなくなった人間は植民惑星に行ったんだという。コロニーの移民は、けっきょく、たんなる敗残者だからね。ヌーズは、自分が道徳文明の敵であると宣言した、自発的な国籍離脱者だ」

「うわさで聞いたんだけど」と、ミセス・フロストが気軽な口調でいう。「やってくる嘆願者は、ものすごく大きな奴隷労働キャンプで働かされるそうよ。それとも、それは共産主義者のやり口だったかしら」

「どっちもですよ」とアレンが答えた。「そしてリゾートは、その収入を使って、全宇宙を支配するための巨大な帝国を宇宙空間に建設している。それに、膨大な規模のロボット軍隊もね。女性の嘆願者は――」

アレンは一瞬、口をつぐみ、

「――虐待されている」

ゲッタバウトのハンドルを握るラルフ・ハドラーが、唐突に口をひらいた。

「ミセス・フロスト、うしろに追い越しをかけようとしている車がいます。どうしましょうか？」

「行かせてやりなさい」

全員がうしろをふりかえった。純粋食品・医薬品連盟のステッカーをつけた、この車とおなじようなゲッタバウトが、左後方にぴったりついている。この予期せぬジレンマに、ハドラーの顔は蒼白になり、ゲッタバウトがふらつきはじめていた。

「ブレーキを踏んで車をとめるんだ」とアレンが命じた。

「加速しろ」

メイヴィスがまっすぐうしろをふりかえり、リア・ウィンドウから挑戦するようなまなざしを背後のゲッタバウトに向けた。

「このレーンはやつらのものじゃないぞ」

純粋食品・医薬品連盟のゲッタバウトは、やはりどうしたものか決めかねているように、ぴったりうしろについてくる。ハドラーがわずかに右へ車を寄せると、うしろのゲッタバウトはチャンス到来とばかりに、ぐんと加速してとびだしてきた。と、そのとき、ハドラーが手の中でハンドルをすべらせ、車のフェンダーとフェンダーが音をたてて接触した。

停止したゲッタバウトから、メイヴィスがふるえながら抜け出した。ミセス・フロストがそのあとにつづき、アレンと若いハドラーは車の反対側に降りた。純粋食品・医薬品連盟の車は、エンジンをアイドリングさせている。ドライバーは――乗っているのはひとりだけだった――茫然《ぼうぜん》とした目で、じっとこちらを凝視している。中年の紳士。見たところ、オフィスで長時間残業した帰りらしい。

「バックしてみれば」

無意識にマニラ・フォルダーを抱きしめたまま、ミセス・フロストがいった。メイヴィスは、ショックにぼうっとした顔で、二台のゲッタバウトのあいだをぶらぶら歩きまわっては、爪先《つまさき》であちらこちらをつついている。ハドラーは鋼鉄のように直立し、その顔からはなんの感情もうかがえない。

フェンダーとフェンダーはがっちり噛みあってしまっていた。どちらか一台は、ジャッキで持ち上げなければならないだろう。アレンは被害状況を調べ、金属が噛みあっている角度を確認してから、さじを投げた。

「レッカー車が必要ですね」とミセス・フロストに向かっていう。「ラルフにいって、交通プールに連絡させたほうがいい」

アレンは周囲を見わたした。委員会ビルからそう遠くないところまで来ている。

「ここからなら歩けますよ」

反論するそぶりも見せず、ミセス・フロストはさっさと歩きだし、アレンはあわててそのあとにつづいた。

「おれはどうすればいい？」

メイヴィスが二、三歩、小走りに追ってきて、そうたずねた。

「車のそばで待ってればいいわ」

と、ミセス・フロストがいった。ハドラーはすでに、近くのビルの前の電話ボックスめざして歩きだしている。メイヴィスは、純粋食品・医薬品連盟の男とふたりきりで残されるかっこうになった。

「警察に、なにがあったかを話しておいてちょうだい」

ちょうどそのとき、徒歩のパトロール警官が通りかかった。そのちょっとうしろから、ジュブナイルも一台やってくる。人間が集まっているのに引き寄せられたのだろう。

「まったく、間の悪い話だわ」

ややあって、ミセス・フロストがぽつりといった。アレンと並んで、委員会ビルに向かって歩いていく途中だった。

「ラルフはブロック理事のところに出頭することになるんでしょうね」

と、アレンは応じた。ミセス・バーミンガムの姿が頭に浮かぶ。上品ぶった生きものが、悪意を糖衣《とうい》に包んでテーブルのうしろにすわり、トラブルを処理してゆく。

「軍団には独自の査問機構があるのよ」

ふたりが委員会ビルの正面玄関にたどりつくと、ミセス・フロストが考えこむような口調でいった。

「メイヴィスは完全に燃えつきてる。どんな状況にもうまく対処できない。決断がくだせないのよ。もう何ヵ月も前から」

アレンは黙っていた。論評する立場ではない。

「ひょっとしたら、このほうがよかったのかもしれないわね」とミセス・フロストが先をつづける。「彼を残してきて正解だったかも。ミセス・ホイトに会うときには、メイヴィスはかえって足手まといだもの」

これではじめて、いまから会う相手がアイダ・ピース・ホイトなのだということがわかった。アレンは思わず足をとめた。

「これからどうするつもりなのか、先に話してくれるべきなんじゃないですか」

「わたしがなにをするつもりなのか、もうわかってると思うけど」

そういったきり、ミセス・フロストはそのまま歩きつづけた。

そのとおり、アレンにはわかっていた。

4

アレン・パーセルがワンルームのアパートメントに帰りついたときには、午後九時半になっていた。ジャネットが玄関で出迎えた。

「食事してきたの？」とジャネットがたずねた。「まだなのね」

「ああ、まだだ」とうなずいて、部屋にはいった。

「なにかつくるわね」

ジャネットは壁テープのセッティングをもとにもどし、キッチンを再生した。八時になると、キッチンは自動的に消滅するシステムになっている。

数分後には、レンジの中で〝アラスカン・サーモン〟が焼けはじめた。本物に近いにおいが、部屋にたちこめる。ジャネットはエプロンをつけると、テーブルに食器を用意しにかかった。

椅子に体を投げ出して、夕刊のページを開いた。しかし、疲れすぎているせいで、活字が頭にはいってこない。あきらめて、新聞をわきに放り出した。アイダ・ピース・ホイトとの会談は三時間に及んだ。おそろしく神経を消耗する三時間だった。

「なにがあったのか話してくれる気、ある?」とジャネット。

「あとでね」

アレンはテーブルの上で角砂糖をいじりながら、

「ブッククラブはどうだった? ウォルター・スコット卿は最近、なにかいいものを書いてるかい?」

「まるっきり」

夫の口調にあわせて、ジャネットは短く答えた。

「チャールズ・ディッケンズはこっちに来てると思う?」

ジャネットが、レンジからこちらをふりかえって、

「なにかあったんでしょ。なにがあったのか知りたいわ」

その気づかわしげな表情を見ていると、ついかわいそうになってくる。

「エージェンシーが悪の巣窟《そうくつ》だと暴露されたわけじゃないさ」

「電話でT‐Mにいるといってたでしょ。それに、エージェンシーでなにかたいへんなことがあったって」

「フレッド・ラディーをくびにしたよ、それをたいへんなことだっていうんならね。で、〝サーモン〟はいつできるんだい?」

「もうすぐ。あと五分」

「アイダ・ピース・ホイトが、ぼくにメイヴィスの仕事を引き継がないかといってきたんだ。テレメディアの局長。もっぱら、スー・フロストがひとりで話してたけどね」

ジャネットはしばらくレンジの横に立っていたが、やがて嗚咽《おえつ》を洩《も》らしはじめた。

「いったいぜんたい、どうして泣いたりするんだ？」

すすり泣きのあいまに、ジャネットは声をつまらせて、

「わからない。こわいの」

アレンはあいかわらず角砂糖をいじりつづけていた。もう、半分に割れてしまっている。その半かけを指先で押しつぶし、砂糖粒に変える。

「それほど驚くようなことじゃない。あのポストには、むかしから代理店出身者がついてきたし、メイヴィスはこの数カ月、使いものにならなくなってる。八年は長いよ、万人《ばんにん》の道徳に対してひとりで責任を負う期間としては」

「ええ、あなた――いってたわね――メイヴィスは引退すべきだって」ジャネットは鼻をすすり、目元をぬぐった。「去年、聞いた覚えがある」

「問題は、彼が本気であの仕事をつづけたがってるってことなんだ」

「本人も知ってるの？」

「スー・フロストが話した。メイヴィスが会議にけりをつけたよ。ぼくたち四人は、コー

ヒーを飲みながら問題の解決にあたった」

「じゃあ、解決したの？」

その場を辞すときのメイヴィスの表情を思い出しながら、アレンは答えた。

「いや。完全には解決してない。メイヴィスは辞職した。辞表は提出済みだし、スーの声明も発表された。いつもどおりの手続きだよ。道徳再生原理に対する多年にわたる献身的な奉仕と忠実な支持。そのあと、廊下でちょっとのあいだだけ、彼と話をした」

じっさいには、メイヴィスといっしょに、委員会ビルからメイヴィスのアパートメントまで、五百メートルほどいっしょに歩いたのだった。

「メイヴィスはシリウス星系の惑星に土地を持ってる。家畜じゃ有名なところでね。メイヴィスの話だと、地球産の牧畜と、味も舌ざわりも区別できないそうだ」

「まだ解決してないことって？」

「ぼくが仕事を受けないかもしれない」

「どうして？」

「八年後にも生きていたいからさ。十光年も彼方の、時代にとり残されたど田舎で余生を送るのはごめんだよ」

ハンカチを胸のポケットにつっこむと、ジャネットは身をかがめ、レンジのスイッチを切った。

「前に一度、エージェンシーを設立する準備をしてるとき、そのことについてはふたりで話しあったじゃない。あのころのわたしたちは、とっても率直だった」

「で、どう決めたんだっけ？」

ふたりで決めたことはちゃんと覚えていた。時が来たら決断すると決めたのだ、その時がけっしてこない可能性もおおいにあったから。そしてなぜか、ジャネットは、エージェンシーがすぐにもつぶれてしまうのではないかと心配することに忙しすぎた。

「こんな話、まるっきり時間の無駄だな。ぼくたちは、あの仕事がプラムの一種かなにかみたいなふりをしてる。テレメディアの局長ポストはプラムじゃないし、そうだったことなんか一度もない。そうだっていうふりをした人間もいない。どうしてメイヴィスはあの仕事を受けたのか。それが道徳的なことだと思ったからだよ」

「公共の奉仕ね」とジャネットがかぼそい声でいった。

「奉仕すべき道徳的責任だ。市民生活の重荷《おもに》を背負うこと。自己犠牲の最高のかたち。オムパロスだよ、この——」と、途中で口をつぐむ。

「競争社会《ラット・レース》の」とジャネットが夫のせりふをひきとる。「そう、多少はお金も増えるでしょうね。それとも、収入が下がるのかしら？　そんなこと、どうでもいいでしょうけど」

「ぼくの家系は、はるばる階段を上がってきた。ぼく自身も、多少の登りに貢献したよ。そして、その最終目的がこれ。これがゴールなんだ。このテーマでつくってきたパケットひとつひとつについて、百ドルずつもらいたい気分だね」じつをいえば、スー・フロストが返品してきたパケットがそれだった。枯れてしまった木についての寓話。

木は孤立によって枯れた。あのパケットのモレクは、たしかにまとまりがなく、あいまいだったかもしれない。しかし、アレンにとっては、じゅうぶん明らかだった。人間は、なによりもまず仲間に対して責任があり、人間は仲間といっしょに自分の人生をつくってゆくのだ。

「北海道の廃墟に無断居住してる男がふたりいる。あそこは汚染されてて、なにもかも死に絶えている。ふたりには、ひとつだけ未来があって、それを待っている。ゲイツとシュガーマンは、ここにもどってくるくらいなら死んだほうがましだと思ってる。ここにもどってくれば、社会的な存在にならざるをえない。つまり、かけがえのない自己の一部を犠牲にすることになる。そしてそれは、まちがいなくひどいことだ」

「ふたりがあそこにいる理由はそれだけじゃないわ」

ジャネットが、やっと聞きとれるほどの低い声でいった。

「あなた、忘れてるみたいね。わたしもあそこに行ったことがあるのよ。一度、連れていってくれたでしょ。結婚したばかりのころに。わたしが見たいってねだって」

覚えていた。でも、重要なことには思えなかった。

「たぶん、一種の抵抗なんだろうな。あのふたりには、なにかはっきりさせたい主張があって、あそこでキャンプ生活を送ってるんだ」

「人生を投げてるのよ」

「それにはなんの努力も必要ないさ。それに、いつだってだれかが急速冷凍で命を救うことができる」

「でも、死ぬことで、ふたりは重要な主張をするのよ。そう思わない？　たぶん、思わないでしょうね」

ジャネットは思いをめぐらすような顔になった。

「マイロン・メイヴィスならきっと、ゲイツとシュガーマンがやっていることに、なにか意味を見いだすわね。あなたは何度も何度もあそこに出かけていってる。ゆうべも行ってたわ」

アレンはうなずいた。

「ああ」

「ミセス・バーミンガムはなんて？」

格別の感慨もなく、アレンは答えた。

「ジュブナイルが一台、ぼくを目撃していた。水曜のブロック集会で、ぼくは非難されることになる」

「あそこに行ったから？　いままでは一度だって報告されなかったのに」

「いままでは一度も見られてなかったのかもしれない」

「そのあとのことは知ってる？　ジュブナイルはあとのことも目撃したの？」

「そうじゃないことを祈りたいね」

「新聞に出てるわよ」

アレンは夕刊をひっつかんだ。新聞に出ていた、それも一面に。大見出しだった。

ストレイター像、冒瀆《ぼうとく》さる
公園の蛮行《ばんこう》に捜査進行中

「あなただったのね」ジャネットが平板な声でいった。

「ああ」

うなずいて、もう一度見出しを読んだ。

「たしかにぼくだった。一時間かかったよ。ペンキの缶はベンチに置いてきた。たぶん、もう見つかってるだろうな」

「そのことなら、記事に書いてあるわ。銅像の異変が見つかったのはけさの六時ごろで、六時半にはペンキの缶が発見されてる」

「ほかになにかわかったことは？」

「読めば」
新聞をテーブルに広げて、記事を読んだ。

ストレイター像、冒瀆さる
公園の蛮行に捜査進行中

【新ニューヨーク発、十月八日（T－M）】道徳再生運動創始者で一九八五年革命の指導者だったジュール・ストレイター大佐の公認像に対する意図的な毀損《きそん》行為に対し、警察当局は捜査を開始した。尖塔公園に位置するこのモニュメントは、等身大のブロンズ加工プラスチック像で、創始者の友人であり生涯の伴侶であったピエトロ・ブエテロが一九九〇年三月に完成させたオリジナルの鋳型《いがた》からつくられたもの。警察の調べによると、毀損行為は、意図的かつ組織的なもので、夜間になされたものと考えられている。尖塔公園は、新ニューヨークの道徳的精神的核心を示すものとして、つねに一般に開放されている。

「帰ってきたとき、下に新聞がとどいてたの」とジャネット。「いつものように、郵便といっしょに。晩ごはんを食べながら読んだわ」

「どうしておろおろしてたか、やっとわかったよ」

「その記事のせいだっていうの？　その記事のせいでおろおろしてたんじゃないわ。だって、向こうにできることといったら、わたしたちの貸借権を剝奪《はくだつ》して、あなたを一年間、刑務所に入れるくらいでしょ」

「そして、ぼくたちの家族を地球から追放する」

ジャネットは肩をすくめた。

「わたしたちだって生きていける。みんな生きてきてるんだもの。そのことなら、ずっと考えてたわ。ひとりで考える時間が三時間半あったのよ。最初はわたし――」

そこで口をつぐみ、考えこむような顔になった。

「とても信じられない気持ちだった。でも、なにかあったんだってことは、けさの時点でわたしにもあなたにもわかっていた。あなたの靴についてた泥と草と、それに赤いペンキ。あなたはだれにも見られてなかったし」

「ジュブナイルが一台、なにか目撃してるよ」

「それじゃないわ。だとしたら、とっくに捕まってるはずだもの。きっとなにかべつのことよ」

「どのくらい時間の猶予《ゆうよ》があるだろう」

「どうして見つかるっていうの？　警察は、貸借権を失った人間のしわざと思うにきまってる。コロニーに強制送還された人間か。でなきゃヌーズ」

「その言葉は好きじゃない」

「じゃあ、嘆願者。でも、どうしてあなたなの？　頂上に登りつめようとしている男、きょうの午後、スー・フロストやアイダ・ピース・ホイトと会っていた男が、こんなことをするわけある？　筋が通らないわ」

「たしかにね」とアレンは認めた。「まったく筋が通らない」

そして、本心からもうひとことつけくわえる。

「ぼくにだって、まるで筋が通らないよ」

ジャネットはテーブルのところに歩いていった。

「それも不思議だったことのひとつ。でも、あなたは自分でも、どうしてあんなことをしたのかよくわからないというのね？」

「まるっきり、なんの見当もつかない」

「心の中にはなにがあったの？」

「とてもはっきりした欲望。圧倒的で、ゆるぎない、完璧にはっきりした欲望——あの像を永遠にめちゃくちゃにしてやりたいという欲望だよ。必要だったのは、赤ペンキ半ガロンと、電動鋸《のこぎり》を扱う腕が少々。鋸はエージェンシーの作業室にもどした。ブレードは捨てたけどね。折れたんだ。電動鋸なんて、もう何年も使ったことがなかったから」

「自分がなにをしたか、正確に覚えてる？」

「いや」

「新聞にも載ってなかったわ。ぼかした書き方になってた。だから、なにをやったにしても」

と、ジャネットはおちつかない笑みでこちらを見下ろして、

「あなたはいい仕事をしたみたいね」


一時間後、ベークド〝アラスカン・サーモン〟が、からっぽの皿の上に残る二、三本の骨だけになると、アレンは椅子に背中をあずけて煙草に火をつけた。レンジの横では、ジャネットが、流し台アタッチメントの中で、ポットやフライパンを注意深い手つきで洗っている。アパートメントは平和に満ちていた。

「まるで、いつもの夜と変わらないみたいだな」

「いままでどおりの生活を、これからだってつづけられるかもしれないわ」

カウチのわきのテーブルには、金属製のはずみ車や部品が山をなしている。ジャネットはこのところ、電子時計の組み立てに凝《こ》っていた。教育工作キットについている図表や説明書が部品といっしょに重なっている。ためになるひまつぶし。個人には教育工作キットを、社交的集まりにはジャグルを。あいた手をふさいでおくための方便《ほうべん》。

「時計の進み具合はどうだい？」

「もうちょっとで完成。そしたらこんどは、あなた用に髭そりワンドをつくってあげる。お向かいのダフィーさんの奥さんがご主人にプレゼントしたのよ。つくってるとこを見たけど、あれならかんたん」

アレンはレンジを指さして、

「それはうちの親がつくったんだ。二〇九六年、ぼくが十一歳のときに。ずいぶんばかげてると思ったのを覚えてるよ。自動工場製のレンジが、三分の一の値段で売ってるのに。そしたら父さんと兄さんが、モレクについて説明してくれた。二度と忘れないだろうな」

「わたし、ものをつくるのは好き。楽しいもの」

アレンは煙草をくゆらせながら考えていた。いまここにこうしてのんびりすわっていられるなんて、まったく妙な話もあったものだ。二十四時間前には、あの像にいたずらしていたっていうのに。

「いたずらしたんだ」と声に出していった。

「あなた――」

「パケットをまとめるときに使う言葉でね。おなじテーマをあんまり何度もくりかえして使ってると、しまいにはパロディになる。陳腐《ちんぷ》なテーマで遊んだとき、ぼくらはいたずらしたっていうのさ」

「そうね」とジャネットがうなずいた。「知ってる。ブレイク－モフェット製品のどれかを使ってパロディをやったって話、前にあなたから聞いたわ」

「ぼくにとっての気がかりはこういうことなんだ。日曜の夜、ぼくはストレイター大佐の像にいたずらした。そして月曜の朝、ミセス・スー・フロストがエージェンシーにやってきた。午後六時には、アイダ・ピース・ホイトからテレメディアの局長ポストを提示された」

「どうしてそこに関連がありうるわけ？」

「複合的な問題であるはずなんだ。すごく遠い関連性だから、この宇宙のすべての人間、すべてのものが関わってくることになる。でも、たしかに関係があると思う。背後に隠れた、どこか深いところで、因果関係がある。偶然じゃない」

「ねえ、教えて。どんなふうに――いたずらしたの？」

「教えられないよ。覚えてないから」

アレンは立ち上がった。

「先に寝ててくれ。ダウンタウンに行って、実物を見てくるよ。たぶん、まだ修理をはじめる時間はなかっただろう」

「行かないで、おねがい」とジャネットが間髪《かんはつ》を入れずにいった。

「どうしても行かなきゃならないんだ」

そう答えると、コートをさがして周囲を見まわした。クローゼットがコートを呑み込んでいる。クローゼットを部屋の中に引き出した。

「頭の中にぼんやりと構図が浮かびかけているんだけど、ぜんぜんはっきりしたものじゃない。いろんなことを考えあわせてみると、どうしてもそれをはっきりさせる必要がある。そうすればたぶん、T‐Mの件についても決断できそうな気がする」

ひとこともいわずに、ジャネットは彼の前を通って、廊下に出た。バスルームに行くつもりなのだ。理由もわかっていた。目当ては薬瓶のコレクション。今夜、精神のバランスを保つために必要な鎮静剤を飲む。

「そう深刻に考えることはないよ」と声をかけた。

閉ざされたバスルームのドアの向こうから、返事はなかった。アレンはしばしばたたずんでいたが、やがてアパートメントを出ていった。

5

〈公園〉は、影に包まれた氷の闇だった。夜の雨がつくる水たまりのように、小人数のグループがそこここに集まっている。だれひとり口をきかない。みんな、なにかが起きるのを、待つともなしに待っているように見えた。

像は、尖塔《せんとう》のすぐ前にしつらえられた台座の、砂利《じゃり》でできたリングの中央に立っていた。像の周囲にはいくつかベンチが置かれていて、ストレイター大佐の崇高《すうこう》さを偲《しの》びつつ、鳩に餌《えさ》をやったり、まどろんだり、おしゃべりしたりすることができる。周囲に広がる公園は、濡れた草におおわれた斜面で、ところどころに、斜めになった灌木《かんぼく》や木立《こだち》が点在し、端のほうにひとつ、庭師の小屋がある。

アレンは公園の中央までやってきたところで足をとめた。最初のうちは、頭が混乱して、なにがどうなっているのか、わけがわからなかった。見慣れたものが目にはいらない。が、そのときやっと、なにが起きたのかを理解した。警察が、像を板で囲ってしまったのだ。いまここにあるのは、四角い木材のフレーム、巨大な箱だけ。つまり、ここまでやってきても、けっきょく現物は拝《おが》めないというわけか。自分がなにをしでかしたのか、つきとめることはできない。

ぼんやり見つめているうちに、だれかが横に立っているのに気がついた。手足のひょろ長い市民が、丈《たけ》の長い汚れたコートに身を包み、半病人のような顔で、やはり箱を見つめている。

しばらく、どちらも口をひらかなかった。やがて、やせた男がひとつ咳をして、芝生に痰《たん》を吐いた。

「まったく、これっぱかしも見られれやしねえ」

アレンはうなずいた。

「わざと板を張りやがったんだ」とやせた男。「見えないようにな。どうしてだかわかるか？」

「どうしてだ？」

やせた市民はこちらに身を乗り出し、

「アナーキストどもが像をめちゃくちゃにしたからだよ。何人かは警察に捕まったが、何人かは捕まっていない。首謀者は逃げのびたが、しかし、いつかは捕まる。で、その結果、どんな事実が判明するかわかるかね？」

「なんだい」とアレン。

「そいつがリゾートの金で動いていたことが判明するんだ。しかも、こんどの一件はほんの手始めでしかない」

「手始めって、なんの？」

「来週中には、公共のビルが爆破されはじめる」

と、男は衝撃の事実を暴露した。

「委員会ビルや、T‐M本部ビルが標的だ。それから、放射性物質を飲料水に混入する。いまに見てろって。飲み水は、もうすでに味がおかしくなっている。警察にもそれはわかってるんだが、警察は手足を縛られてるからな」

やせた市民のとなりで、肥満した赤毛の小男が、せわしなく葉巻をふかしていた。

「ガキのいたずら、それだけのことだ。なんの背後関係もない、頭のおかしいガキの一団のしわざに決まっている」

やせた市民は耳ざわりな笑い声をあげた。

「向こうはそう思わせたがってるさ。ああ、もちろん、たわいない悪ふざけだろうとも。ひとつおしえてやろうか。これをやってのけたやつは、モレクを打倒するつもりだ。道徳や美徳を一片のこらず地べたにひきずりおろすまで、やつらに安息の時はない。姦淫《かんいん》とネオンサインとドラッグの復活が目的なんだ。浪費と強欲が国を支配し、高慢な人類がみずからの貪欲さの穴にのみこまれていくのを目にしたがっている」

「ガキだよ」と、でぶの小男がくりかえした。「目的なんぞあるもんか」

「全能の神の怒りが、天を巻き物のごとく巻き上げる」

やせた市民がそう宣言するのを横目に、アレンはその場を離れた。声はなおも追いかけてくる。

「神を信ぜざる者、姦淫せし者は、血まみれの体を路傍《ろぼう》に横たえ、聖なる炎によって人間の心の中の邪悪は焼き払われる」

若い娘がひとり、両手をコートのポケットにつっこんでこちらを見ていた。どこに行くあてもなく小道を歩いていたアレンは、そちらに近づくと、ちょっとためらってから、声をかけた。

「どうしたんだい？」

娘は黒髪で、胸はぺちゃんこ、日焼けしたすべすべの肌が、公園の薄明かりに照らされて、かすかに輝いている。口をひらいたとき、その声はしっかりしていて、あやふやなところはまるで感じられなかった。

「けさ、変わりはてた姿の銅像が見つかったのよ。読まなかった？　新聞に記事が載ってたじゃない」

「それなら読んだよ」

アレンは、芝生の小山の頂上に立っている彼女に合流した。

眼下の影の中に、様変わりした像が――狡猾《こうかつ》な方法で損傷を与えられて――立っている。ブロンズ加工プラスチックの似姿《にすがた》は、無防備の状態を襲われた。真夜中、ぐっすり眠っているところを。ここにこうして立っていると、客観的な見方ができる。事件から自分を切り離し、部外者の目で見ることができる。さっき出会った野次馬たちのように、たまたまここを通りかかり、いったいなにがあったんだろうと考えている人間のひとりとして。

敷かれた砂利《じやり》に、大きく醜《みにく》い、赤のしずくが散っていた。アレン・パーセル社の美術部から持ってきたエナメル塗料。しかし、その色の黙示録的な暗示は、彼にも見当がついた。ここにいる人々が想像していることは想像がつく。

赤のしたたりは血、像の流す血だ。公園の、湿ったゆるい土から、像の敵は這い上がった。敵は像の体を押さえつけ、頸動脈を食いやぶった。像は下半身を血に染めて、赤くねばつく血液をどくどくと噴き出し、そして死んだ。

黒髪の若い娘といっしょにこうして立っていると、像が死んでいるのがわかった。木箱の背後のうつろさを感じることができる。血が流れだしたあとに残されたのは、からっぽの入れ物だけ。いまは、像が自分自身を守ろうとしたように見える。しかし、その努力は報われず、急速冷凍の技術をもってしても、命を救うことはできない。像は、永遠に死んだままなのだ。

「いつからここにいるの？」と娘がたずねた。

「二、三分前に来たばかりだよ」

「あたし、けさもここにいたんだ。仕事に行く途中に」

じゃあ、この娘《こ》は、箱で囲われる前の像を目にしているはずだ。

「像はいったいどんなふうにされていた？」どうしてもそれが知りたくて、熱っぽい口調になる。「教えてくれるかい？」

「こわがんないで」

「こわがっちゃいないさ」

アレンはとまどった。

「こわがってる。でも、だいじょうぶ」娘は笑った。「もうそろそろ、板をはずさなきゃならなくなる。そうしないと、修理にかかれないから」

「うれしそうだね」アレンは畏敬《いけい》の念に打たれた。

娘の瞳がきらっと光り、おもしろがっているような表情が宿る。

「お祝いすべきね。舞踏会を開きたいくらい」

それから、瞳の輝きがすっと薄れ、

「ここを出ようよ――ね？　さあ」

娘は先に立って芝生の上を歩き、遊歩道を通って、その向こうのレーンに出た。両手をポケットにつっこんだまま ずんずん歩いていく彼女のあとを、アレンはついていった。夜気は冷たく澄みわたり、謎めいた夢のように心を包んでいた公園の気配が、しだいに晴れてくる。

「あそこから離れられてほっとしたよ」と、とうとうアレンはつぶやいた。

娘はおちつかなげに頭を揺すって、

「はいるのはかんたんだけど、出てくのはたいへん」

「きみも感じてたのかい？」

「あたりまえでしょ。けさ通りかかったときはそんなにひどくなかった。太陽は照ってたし、昼の光があったから。でも、今夜は――」

娘はぶるっと身震いした。

「あたし、一時間前からあそこにいた。それからあなたが来て、やっとわれに返った。それまで、ただじっとあそこに立って、見てたの。トランス状態で」

「ぼくの神経にさわったのは、あのしずくだよ。まるで血みたいだった」

「ただのペンキ」

娘はそっけなくいった。コートの中に手を入れると、たたんだ新聞をとりだして、

「読みたい？　どこにでもある速乾性のエナメル塗料。オフィスでよく使われているやつ。謎めいたとこなんてこれっぽっちもない」

「まだだれも捕まってないんだな」

まだ、あの不自然な、第三者的な感覚が残っているが、それもしだいに消えはじめている。

「ほんとにびっくり。ひとりの人間がこうもやすやすとこれだけのことをやってのけたうえに、まんまと逃げのびるなんて。でも、当然ていえば当然か。公園を警備してる人間なんかいないし、だれも犯人の姿を見ていないんだから」

「きみの仮説は？」

「そうね」娘は目の前の石ころを爪先《つまさき》で蹴った。「貸借権を失ったことでやけになっただれか。それとも、モレクに対する潜在意識下の怒りを表現しようとしただれか。システムが押しつけてくる重荷《おもに》と戦っている人間」

「具体的には、像はいったいなにをされたんだ？」

「新聞もくわしく書いてなかったからね。この種の事件については、控えめに報道しておくほうが身のためってわけか。像は見たことあるでしょ。ブエテロが写しとったストレイターの姿はおなじみだもんね。伝統的な軍人のポーズ。片手をつきだして、これから戦いに身を投じようって勢いで、右足を前に踏みだしてる。気高《けだか》くおもてを上げ、深く思いにふける表情を浮かべて」

「未来を見てるんだ」と、アレンはつぶやいた。

「そのとおり」

娘は歩く速度を落とすと、かかとでターンして、暗い歩道に目を落とした。

「問題の犯罪者――いたずら犯人でもなんでもいいけど――は、像を赤ペンキで塗ったの。それは知ってるでしょ、しずくを見たんだから。体を縞模様に塗りたくり、髪の毛も赤く塗った。そして――」

娘は晴れ晴れとした笑みを浮かべた。

「そう、ぶっちゃけていえば、彼は頭を切りとった。どうやったのか知らないけど。どうやら、電動の切断器具を使ったみたいね。そして、切断した頭を、まっすぐつきだした右手の上にのせた」

「なるほど」と、アレンは真顔でうなずいた。

「それから」と、娘は静かな声でたんたんと先をつづける。「その人物は、像の前に出した足――つまり、右足――に高温パックを押し当てた。像は熱可塑性樹脂《サーモプラスチック》でできてる。脚がやわらかくなると、犯罪者はそれを動かした。いまのストレイター大佐は、頭を手にのせて、いまにも公園の向こうへキックしようとしてるみたいに見える。とっても独創的で、とっても頭の痛いポーズ」

しばしの沈黙のあと、アレンが口をひらいた。

「そういう状況なら、まわりを板で囲うのも責められないんじゃないか」

「そうするしかなかったのよ。でも、箱で隠す前に目撃した人がおおぜいいる。まず最初に、ストレイター大佐軍団が招集された。きっと、なにかべつの事態が生じると思ったのね。あたしが通りかかったときには、茶色の制服を着込んだむっつり顔の若者たちが雁首《がんくび》そろえて、ぐるっと輪になって像のまわりをとりまいてた。でも、どっちみち完全に隠すのは無理。それから、昼間のあいだに、あの箱を組み立てたの」

娘はちょっと口をつぐみ、

「想像がつくでしょ、みんなげらげら笑ってた。軍団員までね。どうしようもなかったのよ。くすっと笑ったが最後、がまんしきれなくなっちゃって。あの若者たちもかわいそうよね――あんなふうに笑うのなんて、大嫌いな人たちだったのに」

ふたりは、街灯のある交差点にさしかかっていた。娘はそこで足をとめた。その顔に、心配そうな表情が浮かんでいる。熱っぽいまなざしをこちらに向けると、大きな瞳でじっとこちらを観察している。

「ひどい状態ね。あたしのせいだわ」

「いや。ぼく自身のせいさ」

娘の手が、アレンの腕に押しつけられた。

「どうしたの？」

皮肉な思いで、アレンは答えた。

「仕事の心配だよ」

彼女はうなずいたが、あいかわらず、力をこめた指で彼の腕をつかんでいる。

「ねえ。奥さんはいる？」

「ああ、とってもすてきな女房がね」

「奥さん、力になってくれる？」

「ぼく以上に心配してるよ。いまは家で薬を飲んでる。とてつもないコレクションがあってね」

「ふうん」

「助けがほしい？」

「ああ」と答えて、自分の素直さに自分でびっくりした。「とても」

「だと思った」

娘はまた歩きだし、アレンもあとを追った。いくつかの可能性をはかりにかけているような顔をしている。

「近ごろじゃ、助けを見つけるのも楽じゃないのよ。あなたは助けを欲しがる立場じゃない。住所をわたすことはできる。もしそうしたら、あなた、それを使う？」

「なんともいえないな」

「それを使おうとする？」

「ぼくは、いままでの一生で、一度も助けを求めたことはない。自分でどうするか、自分でもわからないよ」

「じゃあ、これ」

彼女はそういって、折りたたんだ紙切れをさしだした。

「財布の中にしまって。あけちゃだめ——ただしまっとくの、使いたいと思うときが来るまで。そのときが来たら、とりだして」

アレンが紙切れを財布にしまうあいだ、娘はじっとこちらを見ていた。

「それでいいわ」と満足したようにいった。「おやすみなさい」

「もう行くのかい？」

なぜか、驚いてはいなかった。完璧に自然なことのように思えた。

「また会うでしょ。前にも会ってるし」

サイドレーンの闇に包まれて、娘の姿がちいさくなる。

「おやすみなさい、ミスター・パーセル。気をつけて」

しばらくあと、その姿が完全に見えなくなってから、ようやくアレンは気がついた。あの娘は、〈公園〉でおれを待っていたのだ。待ち受けていた——おれがあらわれると知っていたから。

6

翌日になっても、アレンはまだ、ミセス・フロストに返事をしていなかった。メイヴィスが辞職し、後任が決まらない現在、T‐Mの局長職は空席になっている。巨大トラストは、慣性で動きつづける。そして、下級官僚たちは、書式にスタンプを押し、書類の空欄を埋めつづけていることだろう。怪物は生きている、ただし、あるべき姿ではない。

決断をくだすまで、どのくらい時間の余裕があるだろうと思いながら、委員会ビルに電話を入れ、ミセス・フロストを呼び出した。

「もうしわけありませんが」と録音された声が答える。「フロスト書記はただいま会議中です。三十秒以内でご伝言を残していただければ、書記にお伝えいたします。お電話ありがとうございました。ピーッ」

「ミセス・フロスト」とアレンはいった。「こちらアレン・パーセルです。きのう申し上げたとおり、考えてみなければならないことがたくさんありまして。自分のエージェンシーを率いることは、ぼくにとって、ある程度の独立を意味しています。ぼくの唯一の顧客はテレメディアだから、事実上テレメディアのために働いているのではないかとおっしゃいましたね。また、テレメディアの局長になれば、いま以上の独立を得ることができる、と」

ちょっと言葉を切り、どんなふうに先をつづけようかと思いをめぐらした。

「しかし、その一方……」

といったところで、三十秒の持ち時間が切れた。電話の向こうでメカニズムが決まりきった応答をくりかえすのを待ってから、先をつづけた。

「ぼくのエージェンシーは、けっきょく、ぼくが自分の手でつくりあげたものです。自由に変更をくわえることもできます。完全なコントロールを持っているんです。しかし、T-Mは、非個性的な存在です。だれも、ほんとうの意味ではT-Mに指図《さしず》することはできない。T-Mは氷河のようなものです」

自分の耳にさえ陳腐《ちんぷ》きわまりない形容に聞こえたが、テープに向かってしゃべってしまった以上、いまさらとりけすことはできない。アレンは結びにはいった。

「ミセス・フロスト、じっくり考える時間をいただきたいのです。もうしわけありません。遅れが出ることで、あなたを不愉快な立場に追い込むことは承知しています。しかし、その遅れは避けられないもののようです。一週間以内にお返事をさしあげるよう努力します。時間かせぎをしているとは思わないでください。ぼくも、答えを出そうと誠心誠意努力しているんです」

電話を切り、椅子に背中をあずけて、思案をめぐらした。

こうしてオフィスにすわっていると、ストレイター大佐像は、リアリティに欠けた、遠いものに思える。おれの問題はひとつだけ——仕事の問題だ。このエージェンシーにとどまるか、それともT‐Mへの階段を登るか。そんなふうに考えてみると、このジレンマも単純そのものに響く。コインを一枚とりだして、デスクの上に転がした。必要なら、決断を運まかせにすることもできる。

ドアが開き、秘書のドリスがはいってきた。

「おはようございます」と明るい声でいう。「フレッド・ラディーが、推薦状をくれといってます。給与の清算はすませました。二週間分プラス、未清算だった経費」

ドリスはアレンの向かいに腰をおろし、ペンとノートを用意した。

「いますぐ推薦状の口述をはじめます？」

「どうしたものかな」

そうしたい気持ちはある。ラディーのことは好きだし、ここの半分でもまともな職につけることを願っている。しかし同時に、（モレク的にいえば）不誠実かつ不正直であるとして解雇した人間に対して推薦状をしたためるのはばかげているという気もする。

「その件も、考えてみる必要がありそうだな」

ドリスは立ち上がった。

「いまはお忙しいと伝えておきます。でも、いつまでも返事をのばしていられませんよ」

それでいい。ほっとする思いで、アレンはドリスを下がらせた。いまこの瞬間は、どんなことについても決断が下せない。大きな問題もちいさな問題も、みんな、手のとどかない高みでぐるぐるまわっている。手もとまで引きずりおろすことができない。

すくなくとも、警察には勘づかれていない。論理的に考えて、ミセス・バーミンガムのジュブナイルは、公園の一件についてはなにも知らないはずだ。いずれにせよ、あしたの午前九時になれば、答えがはっきりする。しかし、心配はしていなかった。警察が踏み込んできて彼を逮捕し、地球から追放するという考えはばかげている。ほんとうの心配は、仕事──そして自分自身のこと。

あの娘に、助けが必要だといったけれど、それは事実だった。像をいたずらしたからではない。なぜなのかわからないままいたずらしたからだ。目的も理由も知らせず、脳が勝手に行動するとは妙な話だ。しかし、脳も、脾臓《ひぞう》や心臓や腎臓とおなじ、ひとつの器官でしかない。臓器はそれぞれ、自分の使命をはたしている。脳が独自に活動していけない理由がどこにある？　そんなふうに理詰めで考えれば、さほど奇妙なことでもないような気がする。

だがそれでも、自分の身にいったいなにが起きているのかをつきとめたかった。

財布から、例の紙切れをとりだした。きちょうめんな女文字で、四つの単語が書きつけてある。

ヘルス・リゾート　グレッチェン・マルパルト

じゃあ、あの娘の名はグレッチェンというのか。そして、にらんだとおり、彼女は法をおかして夜を徘徊《はいかい》し、メンタル・ヘルス・リゾートのために勧誘活動をおこなっていたのだ。

社会の落伍者《らくごしゃ》やはみだし者の最後の避難場所、メンタル・ヘルス・リゾートが、その手をおれの肩にかけた。

体が弱っている気がする。熱病にでもかかったみたいに、ひどい悪寒《おかん》とふるえにおそわれる。どうしてもふりはらえない、しけったエネルギーの低い流れのようなものに包まれている感じ。

「ミスター・パーセル」ドリスの声が、開いたドアの向こうから響いた。「返信の電話がはいっています。こちらの電話がいま受けてますわ」

「オーケイ、ドリス」

堂々めぐりの考えを無理やり頭から追い出すと、手をのばして電話のスイッチを入れた。

テープが従順に巻きもどり、録音された着信を自動的に再生しはじめる。

「十時五分。カチ。ピーーーーッ！　もしもし、ミスター・パーセル」

なめらかで都会的な女性の声が流れはじめる。

「スー・フロストです。けさお電話くださいましたね。不在で失礼しました」

一瞬の間。

「パーセルさんのお立場は、わたしにもよく理解できます」

こんどは、さっきよりもうすこし長い間があった。

「しかし、ミスター・パーセル、あなたが局長の地位につける立場であるという前提のもとに、局長ポストの提示がおこなわれたことは理解していただかなければなりません」

電話メカニズムが、つぎの六十秒セグメントにジャンプした。

「十時六分。カチ。ピーーーーッ！　継続シマス」

ミセス・フロストはひとつ咳払いした。

「テレメディアの困難な状況に照らすと、一週間はいささか長すぎるという気がします。ごぞんじのように、ミスター・メイヴィスはすでに辞職していますから、局長代理の座は空席になっています。メイヴィス氏に辞職の延期を要請することに、わたしどもはためらいを感じていますが、しかし、そうせざるをえないかもしれません。遅くとも土曜日までに結論を出していただきたいと思います。あなたの立場は重々理解していますし、せかすことは本意ではありません。しかし、テレメディアは生きたトラストであり、できるだけはやく決断していただくことが、公共の利益となるでしょう。では、連絡をお待ちしております」

カチ。メカニズムが音を立てた。テープの残りは空白だった。

ミセス・フロストのメッセージの口調から、委員会の立場についての公式声明を受けたものと、アレンは推測した。このテープが審問の席で再生される場面が想像できる。記録のためのものであると同時に、それ以上の役割をはたす場合もありうる。四・五日か。自分が何者であるか、何者たるべきかを決断するまでに、四・五日。

受話器をとりあげてダイアルを回しかけたところで思いなおした。エージェンシーから電話するのはリスクが大きすぎる。アレンは受話器を置いて、オフィスを出た。

「またお出かけですか、ミスター・パーセル？」

と、ドリスがデスクから声をかけてくる。

「すぐにもどる。物資配給所《コミサリー》へ寄って、買ってくるものがあるんだ」コートのポケットをたたいて、「ジャネットに頼まれててね」

モーゲントロック・ビルを出るなり、公衆電話ボックスにはいった。ぼんやり宙を見つめたままダイアルを回す。

「メンタル・ヘルス・リゾートです」

官僚的だが親しみのもてる声が耳の中に響く。

「グレッチェン・マルパルトさんを」

時間がすぎた。

「ミス・マルパルトは、ただいま、リゾートを出ておりますが。ドクター・マルパルトとお話しになりますか？」

なんとなくいらだつ思いで、

「ご主人？」

「ドクター・マルパルトは、ミス・マルパルトの兄です。失礼ですが、どちらさまでしょうか？」

「アポイントをとりたいんだが」とアレン。「仕事上のことで」

「かしこまりました」紙をめくる音。「お名前をいただけますか？」

ちょっとためらったが、思いついて、

「コーツという名前でうかがう」

「かしこまりました、ミスター・コーツ」その点に関しては、それ以上質問はなかった。

「明日午前九時でよろしいでしょうか？」

ああと返事をしかけて、ブロック集会のことを思い出した。

「木曜にしてもらえるとありがたいんだが」

「木曜の午前九時ですね」と女の声がぶっきらぼうにいう。「ドクター・マルパルトとご面会。うけたまわりました。お電話ありがとうございます」

すこし気分がよくなって、アレンはエージェンシーにもどった。

7

西暦二一一四年の高度に道徳的な社会において、週に一度のブロック集会は、回り持ちシステムで運営される。ブロック内の各居住ユニットの理事たちはそれぞれに着席し、開催地の地元ユニット理事を議長とする委員会を構成する。きょうの場合には、パーセルの居住ユニット理事をつとめるミセス・バーミンガムが、集まった中年女性たちの中で一段高い席を占め、花柄のシルクのワンピースに身を包んだ同僚たちは、議長席の両側に並べられた椅子に腰をおろしている。

「この部屋、きらい」戸口で足をとめて、ジャネットがささやいた。

気持ちはアレンもおなじだった。居住ユニットの一階、この大きな集会室で、地元の連盟、委員会、クラブ、会議、組織、組合などの、すべての集まりが開かれる。よどんだ日光とほこりと、長年のあいだに積もり積もった書類仕事のにおいがこもったこの部屋こそ、公的なせんさくとおせっかいの発生源だった。この集会室では、ひとりの問題は全員の問題となる。ブロック住民が、その構成員の魂《たましい》を探求すべく集《つど》うとき、数世紀にわたるキリスト教の懺悔《ざんげ》の伝統は頂点に達する。

いつものように、空間が許す以上の数の人間がいた。席のない人間もおおぜいいて、部屋のすみや通路を埋めている。空調システムが、うめきをあげながら煙の雲をかきまわす。この煙が、アレンにはいつも謎だった。だれも煙草を吸ってるようすはないし、喫煙は禁止されている。にもかかわらず、煙はある。おそらく、浄化の炎の影と同様、この煙もまた、過去からの堆積物なのだろう。

アレンの注意が、一群のジュブナイルにとまった。ハサミムシそっくりの探偵たち。体長およそ五〇センチ。地べたを——あるいは、垂直な壁を——おそろしいスピードで這うことができ、なにひとつ見逃さない。が、ここにいるジュブナイルは不活性状態にある。理事たちが、すでにジュブナイルの金属のボディのロックを解除し、記録テープをとりだしてしまっている。集会のあいだ、ジュブナイルは活動停止状態に置かれ、そのあと、また仕事にもどされる。

彼ら金属製の情報屋には、どこかまがまがしいところがある。が、それと同時に、安心させてくれる特質もあった。ジュブナイルは見聞きしたものを報告するだけで、自分から告発するわけではない。入手した情報を脚色することも、にせの情報をでっちあげることもできない。不幸な犠牲者は自動的に起訴されるため、ヒステリックなうわさや、悪意とパラノイアに悩まされる心配は無用。ただし、罪状については、疑いの余地が生ずることはありえない。証拠はすでに挙がっているのだ。したがって、ここで戦わされる議論は、被告の道徳的堕落がどの程度であるかを決定するためだけのもの。犠牲者は、不当に告発されたと抗議することはできない。抗議できることがあるとすれば、ジュブナイルに立ち聞きもしくは盗み見された、我が身の不運だけ。

演台では、ミセス・バーミンガムが議事進行表を手にしてあたりを見まわし、全員そろったかどうかを確認している。時間に遅れたり欠席したりすること自体、堕落とみなされる。どうやら、アレンとジャネットが、最後のふたりだったらしい。ミセス・バーミンガムの合図で、集会がはじまった。

「すわれそうもないわね」

背後でドアが閉ざされると、ジャネットが耳もとでささやいた。その表情は緊張にこわばっている。ジャネットにとって、毎週のブロック集会は、絶望と自暴自棄の気分を味わされる災厄《さいやく》のひとときだった。来る週も来る週も、ジャネットは自分が告発され、失脚することを予期していたが、そんな事態は一度も生じていない。ブロック集会に出席するようになってもう何年もたつが、ジャネットはいまだに、公式には道をあやまっていないのだ。しかしその事実も、ジャネットには、ただ一度の壮大な宴《うたげ》のために、終末の災厄が力をたくわえているのだと思わせるだけだった。

「ぼくが呼び出されたら」とアレンはおだやかにいった。「きみは口をつぐんでいてくれ。

どっちの側に立っても発言しないほうがいい。議論が活発にならないほうが、切り抜けられるチャンスが高くなる」

ジャネットは心痛の浮かぶ目でこちらを見つめた。

「ずたずたにされちゃうわよ。あれを見て」と、部屋をぎっしり埋めつくした顔を見わたし、「だれかに襲いかかれるときがくるのを待ち受けてるわ」

「ほとんどの連中は退屈して、はやく終わってくれないかと思ってるさ」じじつ、朝刊を読んでいる男も何人かいた。「だから、気を楽にしてろ。もしだれも弁護に立ち上がらなければ、議論は尻すぼみになって、たぶん、口頭の譴責《けんせき》だけで切り抜けられる」

もちろん、像の一件が告発に含まれていないことが前提になるが。

「まず最初に、ミスＪ・Ｅの件をとりあげたいと思います」

と、ミセス・バーミンガムが宣言した。ミスＪ・Ｅとは、ジュリー・エバリーのこと。この部屋にいる人間は全員、彼女のことを知っている。ジュリーは何度となく告発を受けているが、親から遺贈された貸借権だけは、どうにか手放さずに済んでいる。

目を大きく見開き、顔におびえの色を浮かべて、ジュリーは階段を上がり、いま被告席に立った。ブロンドの若い娘で、地味なプリント・ドレスにローヒールのサンダル、髪は、少女のようにうしろで結《ゆ》わえてある。

「ミスＪ・Ｅは」と、ミセス・バーミンガムが告発した。「二一一四年十月六日の夜、故意かつ自発的に、ある男性と恥ずべき行為におよびました」

ほとんどの場合、「恥ずべき行為」はセックスを意味する。アレンは半分目を閉じて、退屈な議論に耐える心の準備をした。ざわざわというささやきの波が、室内に広がっていく。新聞がたたまれ、無関心が消えはじめる。アレンにとっては、これもまた不愉快の種だった。微に入り細にわたって告白を聞きたいという欲望——これは、正義の仮面をかぶった下世話な好奇心でしかない。

最初の質問は、そくざに発せられた。

「相手はいままでとおなじ男ですか？」

ミスJ・Eの顔が紅潮《こうちょう》する。

「は、はい」

「警告されてたんじゃないかね？　ところもおなじこの部屋で、夜はちゃんと家にいて、いい子にふるまうようにと説教されたんじゃなかったかい？」

どう考えても、これは最初のとはべつの質問者のようだ。声は合成された音声で、壁のスピーカーから流れてくる。正義のオーラを保つために、質問はすべて、個性的な抑揚《よくよう》をとりのぞかれ、人工的に再合成された音声として、共通チャンネルを通じて流される。その結果、被告に同情的な質問者があらわれた場合には、おなじ無個性な声の告発者が、とつぜん弁護者に豹変することになり、いささか奇異な印象を受ける。

「〝恥ずべき行為〟というのがなんなのか、聞いてみようじゃありませんか」

とアレンはいい、スピーカーから鳴り響く、個性のない死んだ声に不快感を覚えた。

「ひょっとしたら、なんでもないことで大騒ぎしてるのかもしれない」

議長席のミセス・バーミンガムは、だれが質問したのかつきとめてやるというように、不興《ふきょう》げな表情で室内の顔を見下ろした。それから、報告書の要約に目を落として、

「ミスJ・Eは、自発的に、みずからが住む居住ユニット——つまり、このユニットですね——の共同バスルームの浴槽において、交接しました」

「おれなら、もっとべつの言葉を使うがね」

と声がいい、それがきっかけになって喧々囂々《けんけんごうごう》の騒ぎがはじまった。早口の非難が重なりあい、下ネタの応酬で声が聞きとれなくなる。

となりのジャネットが、こちらにしがみついてきた。妻の恐怖を感じとり、片腕をまわして抱き寄せる。まもなく、おなじ声がアレンにも襲いかかることになる。

九時十五分には、どちらかといえばミスJ・Eに同情的な一派が橋頭堡《きょうとうほ》を築いていた。ブロック理事たちは、しばらく相談したのち、口頭の譴責処分だけで被告を解放した。ミスJ・Eは安堵の表情を浮かべて部屋を抜け出した。

ミセス・バーミンガムが、ふたたび議事進行表を手に立ち上がった。

アレンは、ほっとする思いで自分のイニシャルを聞いた。告発文が朗読されるのを聞き

ながら、前に進み出る。これでやっと、肩の荷が降ろせる。ジュブナイルの報告は——ありがたいことに——予想どおりの内容だった。

「ミスターA・Pは」とミセス・バーミンガムが宣言する。「二一一四年十月七日午後十一時三十分、酩酊《めいてい》状態で帰宅し、居住ユニットの玄関ステップにつまずいて倒れ、そのさい、道徳的に好ましからざる言葉を発しました」

アレンは被告席に上り、議論が幕をあけた。

この部屋のどこかに、気まぐれな悪意を胸の奥に秘めた市民がすわっているという危険はつねにある。いまのようなチャンスが訪れる日をじっと待って、ひそかに醸成《じょうせい》されてきた悪意の堆積《たいせき》……。この居住ユニットを貸借してきた長い歳月のあいだに、名も知らぬだれかの感情を害していた可能性はじゅうぶんにありうる。人間の心の本性を考えれば、列に割り込んだとか、会釈《えしゃく》を忘れたとか、足を踏んだとかいうようなささいなことで、飽くことを知らぬ復讐心の種を播《ま》いたかもしれない。

しかし、いまこうして見わたしたかぎり、特別な感情の気配はないようだ。だれも、憎しみのまなこでこちらをにらみつけてはいないし、蒼白な顔のジャネットをべつにすれば、関心のある表情を浮かべている者さえいない。

罪状の軽さを考えれば、楽天的にかまえていられる理由はじゅうぶんにある。全体的に見て、運がよかったといえるだろう。そう考えて、アレンは告発者の合成された声に、元気よく立ち向かった。

「ミスター・パーセル、あなたが被告席に呼ばれるのは、ずいぶんひさしぶりですね」

最初の声がいった。それから、あわてたように、

「あー、つまり、ミスターA・Pは、ということです」と訂正する。

「数年ぶりです」とアレンは答えた。

「いったいどのくらい飲んだんです？」

「ワインを三杯」

「それで酔っ払ったっていうのかい？」と声。

「告発状にそう書いてあるじゃないか」おなじ声が自分で答える。

しばらくいい争う声が重なりあい、やがて、明瞭な質問が、

「どこで酔っ払ったんです？」

自分から立ち入りたくはない問題だったので、できるだけかんたんに答えた。

「北海道です」

ミセス・バーミンガムが知っていた以上、この件は問題にはならないだろう。

「そこでなにをしてたんだい？」と声がたずね、つづけて、「それはこの件とは無関係です。なんの関連性もありません。事実だけを問題にすべきです。彼が酔っ払う前になにを

していたかは問題じゃないでしょう」

　これはジャネットの発言のような気がした。アレンは口をはさまずに、論争に耳を傾けた。

「もちろん関係はあるとも。行為の重要性は、その背後の動機にかかっている。はたして彼は酔っ払うつもりがあったのか？　だれだって、酔っ払おうと思って酔っ払いはしない。すくなくとも、わたしにはわからないね」

　アレンは口を開いた。

「空《す》きっ腹でしたし、種類を問わず、アルコールには慣れていないもので」

「ミスターA・Pが発したという、〝好ましからざる言葉〟についてはどうなんだ？　そうそう、その問題はどうなる？　しかし、われわれはそれがどんな言葉だったか知りもしない。おっと、その問題には立ち入らないほうがいいんじゃないか。なんだって？　彼が〝そんな〟言葉を使う種類の人間だと思ってるんですか？　おれがいいたいのは、問題の言葉がどういうものだったかを知ったからといって、状況に変化はないってことだよ」

「それに、疲れていたんです」

　おなじ声の錯綜《さくそう》した議論にはかまわず、アレンはそうつけくわえた。メディアで仕事をしてきた長年の経験で、モレクの心に訴える最短のルートは心得ていた。

「日曜でしたが、オフィスでまる一日仕事をしたあとでした。たぶん、健康に不都合が生じない限度を越えて働いてたんでしょう。しかし、月曜にはデスクの上がきれいにかたづいているのが好きなんです」

「整頓好きの模範的紳士ってやつかよ」と声がいったが、ただちに反撃された。「この場では個人攻撃をつつしむのが礼儀というもんでしょう。そうだそうだ！　まったくそのとおり」

そのとき、もつれあった発言の中から、ひとつの明確な意志がかたちをとった。アレンの判断するかぎり、それはひとりの人間の声のようだった。

「この審理はまったくの茶番です。ミスター・パーセルはわたしたちのコミュニティでもっとも傑出した人物のひとりではありませんか。わたしたちの大部分が知っているとおり、ミスター・パーセルのエージェンシーは、テレメディアに対して相当量の素材を提供しています。社会の倫理基準の維持に関わっている人物その人が、道徳的な欠陥を持っていると信じるべきなのでしょうか？　だとすればそれは、わたしたちの社会全般に対して、なにを意味することになるのでしょう？　これはパラドックスです。みずからを例にとり、わたしたちの行為の基準を定めるのは、公共の利益に一身を捧げた、高潔な心を持つ人々なのです」

びっくりして、アレンは部屋の反対側にいる妻の表情をうかがった。ジャネットもとまどった顔をしている。それに、この言葉の選び方は、ジャネットには似つかわしくない。

どうやらだれかべつの人間のようだ。

「ミスター・パーセルの一家は、数十年にわたってここを貸借しています」

と、声はつづけた。

「ミスター・パーセルはここで生まれました。彼が生まれてから現在まで、多くの人々がやってきては去っていきました。彼以上に長く貸借人としてとどまっている人物はごくわずかです。いまこの部屋にいるわたしたちのうち何人が、ミスター・パーセルより先輩でしょう？　そのことをよく考えてみてください。この議論の目的は、力のある人物をその座からひきずりおろすことではないはずです。ミスター・パーセルが壇上にいるのは、わたしたちに愚弄《ぐろう》され嘲笑《ちょうしょう》されるためではないのです。尊敬されるべき人物であればあるほど、攻撃されて当然だと考えている人がわたしたちの中にもいるようですが、しかし、ミスター・パーセルを攻撃するということは、わたしたち自身のよりよき部分を攻撃することなのです。そこにはなんの益もありません」

アレンはばつの悪い思いを味わっていた。

「こうした集会は、人間は自分の属するコミュニティに対して道徳的に責任があるという考えにもとづいて運営されています」

と、声は休むことなくしゃべりつづけている。

「それはいい考えです。しかし、コミュニティのほうも、その構成員に対して、やはり道徳的責任があるのではないでしょうか。ある人間に対して、壇上に上がり、罪を告白せよというのなら、コミュニティはその代償として、なにかを与えるべきです。尊敬と支持を与えるべきです。そこにいらっしゃるミスター・パーセルのような市民を仲間に持つことが、ひとつの特権であることを理解すべきです。ミスター・パーセルの人生は、わたしたちの利益と、社会の向上のために捧げられています。もし彼が、生涯ただ一度、三杯のワインを飲んで、道徳的に好ましからざる一語を口にしたいと欲したなら、それは許されるべきであるとわたしは考えます。わたしにとっては、なんの問題もありません」

沈黙が流れた。部屋を埋めつくした人々は、演説に圧倒され、しゅんとしている。だれひとり、口を開こうとしない。

壇上のアレンは、だれかが攻撃してくれることを祈っていた。ばつの悪さが恥辱《ちじょく》に変わってゆく。弁護してくれた人物は、あやまちをおかした。最終的な結果まで考慮に入れていない。

「ちょっと待ってください」

と、アレンは抗議をはじめた。

「ひとつだけ、はっきりさせておきましょう。わたしがやったことはまちがっていました。わたしには、酔っ払って冒瀆的な言葉を口にする権利はありません。みなさんとまったくおなじです」

声がいった。「つぎの審理に移ろうじゃないか。この件は、これ以上議論する必要もなさそうだ」

壇上では、中年のご婦人がたが額を集めて相談をはじめた。やがて、決定がくだる。ミセス・バーミンガムが立ち上がって、

「ミスターA・Pのブロック住民は、十月七日夜の行為によって彼を譴責する機会を有していますが、しかしながら、ミスターA・Pの過去のすぐれた記録に照らして、懲罰《ちょうばつ》は無用であると考えます。退席していただいてけっこうです、ミスターA・P」

アレンは被告席から降りて、妻のとなりにもどった。ジャネットが有頂天《うちょうてん》で抱きついてきた。

「だれだか知らないけど、感謝しなくちゃね」

「ぼくはそんな人間じゃないよ」

と、アレンはおちつかない気持ちで答えた。

「そんなことないわ」純粋な喜びに、ジャネットの瞳がきらきら輝いている。「あなたはすばらしい人よ」

さほど離れていないテーブルにすわっていた小柄な年配の男が、にこやかな笑みを浮かべた。薄くなりはじめた銀髪にスーツ姿のミスター・ウェールズはちらっとこちらに目を向け、それからさっと視線をそらした。

「あの男だ」とアレンはいった。「ウェールズ」

「たしかなの？」

つぎの被告が壇上に上がり、ミセス・バーミンガムが告発状を読みはじめた。

「ミセスR・Mは、故意かつ自発的に、二一一四年十月九日午後、複数の男女双方が同席する公共の場所において、みだりに主の名を口にしました」

声がいった。「まったく、時間の無駄だよ」

そして、論争が火蓋《ひぶた》を切った。


集会のあと、アレンはウェールズのそばに歩み寄った。男は、アレンがやってくるのを予期していたように、戸口のところでたたずんでいた。何度かユニットの廊下で顔をあわせたことはあるが、おはよう以上の言葉をかわした記憶がない。

「あなただったんですね」とアレンはいった。

ふたりは握手をかわした。

「お力になれて光栄ですよ、ミスター・パーセル」

ウェールズの声に、さっきの生彩はなく、完璧にふつうだった。

「パーセルさんが、あのお嬢さんの弁護をされたのは気がついていました。あなたはいつも、壇上に上げられた人々のために、逃げ道をさがしてあげている。もしこの人物が壇上に上がるようなことがあれば、今度はわたしがおなじことをする番だと心に誓っていたんです。わたしたちはみんな、あなたのことが好きだし、尊敬していますよ、ミスター・パーセル」

「ありがとうございました」と、アレンはぎこちなくいった。

連れ立ってアパートメントにもどっていく途中、ジャネットがいった。

「いったいどうしたの？」集会を切り抜けた喜びで、まだぼうっとしている顔だ。「どうしてそんなにふさぎこんだ顔をしているの？」

「ふさぎこんでるからだよ」とアレンはいった。

8

「おはようございます、ミスター・コーツ。コートを脱いでおすわりください。気楽にしていただいてけっこうですよ」

そういってから、ドクター・マルパルトは妙におちつかない気分になった。それというのも、いま目の前に立っているこの男が〝ミスター・コーツ〟ではなく、アレン・パーセルだと知っているからだ。そそくさと立ち上がったマルパルトは、ひとこと断ってドアをあけ、廊下に出た。内心、興奮に身震いする思いだった。あとに残されたのはとまどい顔のパーセル。背の高いハンサムな男で、どちらかというとまじめすぎる印象がある。年齢は二十代後半、厚手のコートを着ている。とうとうやってきたのだ、待ちに待った男が。それにしても、これほどはやく来るとは思わなかった。

ファイル・キャビネットの鍵をあけると、パーセルの関係書類をとりだした。中をぱらぱらめくりながら、オフィスにひきかえす。カルテは、あいかわらず謎めいている。書類には、パーセルの貴重な脳探査造影図があり、そして、神秘のベールに包まれたままの症候群が残っていた。それをながめているうちに、つい喜びの吐息が洩《も》れてしまう。

「失礼しました、ミスター・パーセル」と、うしろ手にドアをしめながら声をかけた。「お待たせしてしまって」

患者は顔をしかめて、

「ここでは〝コーツ〟と呼ぶのをお忘れなく。それとも、患者の秘密を守るという、むかしながらの職業的信頼も、委員会にくつがえされたというわけですか？」

「では、ミスター・コーツ」

マルパルトはまた腰をおろし、眼鏡をかけて、

「ミスター・コーツ、率直に申し上げますと、あなたのことはお待ちしていました。あなたの脳造影図は、一週間ばかり前にこちらに届いていますし、それにもとづくディクスンのレポートも手元にあります。なかなかユニークですな。あなたについては大きな関心を持っていますし、個人的に非常な満足を感じていますよ、あなたの――」

症例といいそうになったのをあわてて咳でごまかし、

「――問題に対処する機会を持つことができて」

すわりごこちのいい革張りの椅子の中で、コーツ氏はおちつかなげに身じろぎした。煙草に火をつけ、眉根にしわを寄せ、ズボンのしわをてのひらでこする。

「助けが必要なんです。だれにも助けを求められないというのは、モレクの欠点のひとつ

ですね。そんなことをすれば、不適応者として放り出されてしまう」

マルパルトはうなずいた。

「それに」とコーツ氏がつづけて、「妹さんがぼくのところに来ました」

マルパルトとしては、水を差された気持ちだった。グレッチェンはただちょっかいを出したというだけでなく、じつに巧妙な手腕を発揮した。放っておいてもコーツ氏はいつかはここにやってきただろうが、グレッチェンはそれに要する期間を半分に短縮したのだ。グレッチェンのやつ、それでどんなメリットがあったんだろう。

「知らなかったんですか?」とコーツ氏がたずねた。

マルパルトは正直に話すことにした。

「ええ、知りませんでした。しかし、べつに問題ではありませんよ」

ぱらぱらと報告書をめくりながら、

「ミスター・コーツ、ご自身の問題についてのお考えを、自分の言葉で説明していただきたいのですが」

「仕事の問題です」

「具体的には?」

コーツ氏は唇を噛んだ。

「T-Mの局長ポストです。月曜に、打診がありまして」

「あなたは現在、インディペンデントのリサーチ・エージェンシーを経営されてるんでしたね?」

と、マルパルトは手元のメモに目を落とし、

「いつまでに結論を出さなければならないんです?」

「あさってまでに」

「非常におもしろい」

「でしょうね」

「となると、あまり時間はありませんな。結論は出せそうですか?」

「いいえ」

「なぜです?」

患者は口ごもった。

「ここのクローゼットにジュブナイルが隠れているとでも?」

といって、マルパルトは安心させるような笑みを患者に向け、

「われらがさいわいなる文明社会にあって、ここはジュブナイルが禁じられている唯一の場所ですよ」

「そう聞いていますが」

「歴史のいたずらというやつでしてね。どうやら、ストレイター大佐の奥方は、精神分析

医びいきだったようで。五番街のユング派の分析医が、彼女の右腕の部分的な麻痺《まひ》を治療したのですよ。その手のタイプの女性はごぞんじでしょう」

コーツ氏はうなずいた。

「それで」と、マルパルトは先をつづけた。「委員会政府が組織され土地が国有化されたときにも、われわれだけは領地を手放さずにすんだのです。われわれ――というのはつまり、戦争を生き永らえた〈精神前線《サイキ・フロント》〉のことですがね。ストレイターには先見の明がありました。並はずれた能力の持ち主ですよ。彼はその時点ですでに、精神分析の必要性を理解し――」

コーツ氏が口をはさんだ。

「日曜の夜、だれかがぼくの頭の中のスイッチを入れたんです。だからぼくは、ストレイター大佐の像にいたずらをした。そのせいで、T－M局長ポストを受けることができないでいる」

「ほう」

とつぶやいて、マルパルトの視線は、正体を突き止められない核を持つ造影図に釘づけになった。大海原《おおうなばら》に向かって逆さにぶらさがっているような感覚。肺の中が踊る泡でいっぱいになっている気分。注意深く眼鏡をとると、ハンカチでレンズをみがいた。

オフィスの窓の向こうには、大都会の景観が横たわっている。ど真ん中にそそりたつモレクの尖塔をのぞけば、のっぺりと平坦な景色。都市は同心円のゾーンをなして放射状に広がり、計算された直線や渦が秩序正しく交差している。この惑星全体がこうだからな、とドクター・マルパルトは述懐《じゆつかい》した。泥に半分埋まった巨大哺乳類の獣皮みたいなもの。呵責《かしやく》ないピューリタン的な道徳という乾きかけた泥に、半分埋もれている。

「たしか、ここのお生まれでしたね」

マルパルトは、患者の経歴を記した書類を手にして、ぱらぱらめくりながらいった。

「みんなそうですよ」とコーツ氏。

「奥様とは、コロニーで出会った、と。ベテルギウス4ではなにをなさってたんです？」

「パケット制作を監督していました。当時ぼくは、老舗《しにせ》のウィング＝ミラー・エージェンシーのコンサルタントだったんです。農業コロニーの植民者の体験にもとづくパケットをつくろうと思って」

「あの星は気に入りましたか？」

「ある意味では。フロンティアみたいでした。雨ざらしで白くなった、板張りの農家をよく思い出しますよ。女房の実家――女房の父親が建てた家です」

コーツ氏はちょっと口をつぐみ、それから、

「義父とはよく議論したものです。田舎町のちいさなローカル紙を発行してましてね。ひと晩じゅう――議論とコーヒーで過ごしました」

「奥様も……」マルパルトは書類に目をやって、「ジャネットさんも、その議論に加わった?」

「いいえ、めったに。いつも聞き役でした。父親のことがこわかったんだと思います。たぶん、ぼくのことも、多少は」

「当時、コーツさんは二十五歳ですね?」

「ええ。ジャネットは二十二でした」

マルパルトは書類を読みながら、

「実のお父さまは他界されていますね。お母さまはまだご存命ですか、それとも?」

「二一一一年に死にました。父の死後、まもなく」

マルパルトは、視聴覚記録装置のスイッチを入れた。

「この会話を記録させていただいても?」

患者は思案顔になった。やがて、

「だめだといってもおなじですね。どのみち、ぼくの運命は先生にゆだねられているわけですから」

「わたしの支配下にある、と? 魔法使いみたいに? ご冗談を。たしかに、あなたの問題はわたしにゆだねられていますが、それはコーツさんが、わたしに託すとおっしゃったからですよ」

コーツ氏は、ちょっとリラックスしたようだった。

「ありがとうございます」

「意識の上では」とマルパルトはいった。「どうしてあの銅像をいたずらしたのかわからないということですね。その動機は、心の奥底に埋まっている。どう考えても、像の一件は、もっと大きな事件——おそらくは、数年にわたる蓄積——の一部にすぎません。像の一件だけをとりだして理解することは不可能でしょう。むしろほんとうに重要なのは、事件に先立つ状況です」

患者は渋面《じゅうめん》になった。

「やっぱり魔法使いだ」

「そんなふうに考えないでいただけるとありがたいのですがね」

門外漢の勝手な思い込みでイメージをつくられるのには、いつも腹が立つ。なにも知らない素人《しろうと》は、リゾートの分析医に対して、畏敬《いけい》の念と恐怖をミックスした感情を抱いている。リゾートが一種の神殿で、分析医はその神官だとでも思ってるようだ。宗教的な呪術かなにかのように考えている。もちろん、事実はその反対で、すべては精神分析の最高の伝統にもとづく、厳密に科学的なものだ。

「忘れないでください、コーツさん。助けてさしあげられるのは、あなたが助けてほしいと思っている場合にかぎるのですよ」

「費用はどのくらいかかるんでしょう？」

「検査は、あなたの収入の範囲内でおこなわれます。つまり、費用は患者さんの支払い能力しだいということです」

これが、モレクのリハビリ・システムの特徴だった。むかしながらのプロテスタント的倹約精神のあらわれ。なにひとつ無駄にしてはならない。つねにぎりぎりの取引を心がけるべし。

現在の、問題だらけの異教徒社会になってさえ、なお生き延びるオランダ改革派教会……〈浪費の時代〉を打ち砕いた鉄の改革の力が、〝原罪と腐敗〟に終止符を打ち、それと同時に、娯楽と心の平安——ただすわって、ものごとを気楽に受け入れる能力——にも幕を引いた。いったいどんなふうだったんだろう——怠惰《たいだ》が許容されていた時代というのは？　ある意味では、黄金時代といっていいかもしれない。しかし、考えてみるとなかなか興味深いとりあわせでもある。ルネッサンスの自由と、宗教改革の拘束《こうそく》。当時は、その両者が混合し、共存していた。ひとりひとりの人間の中で、ふたつの相反する要素が争っていたのだ。そしてついに、オランダの地獄の業火の説教師《ヘルファイアー・プリースト》が最後の勝利を手にすることになった……。

コーツ氏がいった。

「こちらで使われている薬をためしてみたいんです。それに、光と高周波の装置も」

「いずれそのうちに」

「やれやれ。ミセス・フロストには、土曜までに返事をしなきゃならないんですよ！」

「現実的に考えましょう。四十八時間以内に、事態を根本的に変えることは不可能です。奇跡のたくわえは、数世紀前につきていますからね。根気のいる、長いプロセスになります。試行錯誤をくりかえして」

コーツ氏の肩がびくっとふるえた。

「いたずらが核心にあるとおっしゃいましたから」とマルパルトはいった。「そこからはじめることにしましょう。〈公園〉に行く直前には、なにをなさってたんです？」

「友人の家をたずねていました」

マルパルトは患者の口調になにかを感じとった。

「場所はどちらです？ ここ、新ニューヨークですか？」

「北海道です」

「いまでも住んでる人がいるんですか？」マルパルトはびっくりした。

「ほんの二、三人。先はそう長くありませんが」

「前にも行ったことが？」

「ときどき。パケットのアイデアを仕入れに」

「では、その前は？ それまではなにをしていました？」

「日中はずっと、エージェンシーで仕事をしていました。それから、いいかげんうんざりして」

「エージェンシーを出て、まっすぐ北海道にいらっしゃった、と?」

患者はうなずきかけたが、そこで動きがとまった。その顔を、暗い、複雑な表情がよぎる。

「いえ。しばらく散歩していました。すっかり忘れてたな。たしか——」

コーツ氏は長い間を置いた。

「物資配給所に寄りました。3・2ビールを買いに。でも、どうしてビールなんか買う気になったんだろう? あんまり好きじゃないのに」

「なにかあったんですか?」

コーツ氏はまじまじとこちらを見つめた。

「思い出せません」

マルパルトはメモをとった。

「エージェンシーを出て、それから先は、なにもかも、すべてがもやに閉ざされてしまって……。すくなくとも三十分は、記憶がとぎれています」

マルパルトは立ち上がって、デスクのインターカムのキーを押した。

「技術者をふたり、ここへ寄越してくれないか? それと、こちらから連絡するまでのあいだ、じゃまされたくない。つぎの予約はキャンセルしておいてくれ。妹が来たら、会いたい。そう、通してくれていいよ。ありがとう」

マルパルトは接続を切った。

コーツ氏は、そわそわしたようすで、

「こんどはなんです？」

「ご希望のものですよ」

備品庫のロックを解錠すると、キャスターつきの機械を引き出してくる。

「薬と機械。これで、あなたがエージェンシーを出た時点と、北海道に到着した時点とのあいだでなにがあったかを発掘することができます」

9

沈黙に気がめいった。モーゲントロック・ビル――広大な墳墓の真ん中で、ただひとり仕事をしている。外の空は、陰鬱《いんうつ》に雲がたれこめている。午後八時半に、仕事を切り上げた。

八時半。十時ではなく。

デスクをロックしてエージェンシーをあとにすると、暗い歩道に出た。人影はまるでない。通行帯《レーン》は無人だった。日曜の夜は、通勤の洪水とは無縁。目に映るものといえば、居住ユニットや閉店した物資配給所のシルエットと、悪意のこもった夜空だけ。

歴史を研究してきたおかげで、彼は、ネオンサインと呼ばれる現象が消滅したことを知っていた。きょうのような夜には、なにかこの単調さを破ってくれるものがほしくなる。けばけばしくもにぎやかな、コマーシャルや広告、点滅する電飾看板――そうしたものが姿を消してひさしい。色褪せたサーカスのポスターの束《たば》みたいに、きれいさっぱり捨て去られた。歴史がそれをパルプに変えて、教科書を印刷する。

レーンにそってあてもなく歩いているうち、前方に光の群れが見えてきた。その光に引き寄せられるように歩を進め、やがて気がつくと、自動工場の集荷ステーションにいた。その光の群れは、地上百メートル近い高さで、中空のリングをかたちづくっていた。そのリングの中を、自動工場の船が降りてくる。ずんぐりした円筒形の船殻は、長旅のあいだにあちこちへこみ、腐食している。人間のクルーは乗っていないし、船の出発地点にも人間はいない。さらにいえば、着陸地点での荷降ろしにも人手《ひとで》は使われていない。ロボットコントロールが船を着陸させると、べつの自動メカニズムが積み荷を降ろし、品目を確認してから、荷箱を各地の物資配給所に送り届けて、保管する。人間の手がはいるのは、事務処理と税関業務だけ。

いま現在は、歩道管理者たちの小人数の一団がステーションの周囲に集まり、作業を見守っている。いつものとおり、監視者の大半はティーンエージャーだった。両手をポケットにつっこんで、うっとりと見上げている。時がすぎても、だれも身じろぎひとつしない。だれひとり口を開かない。やってくる者も、去ってゆく者もない。

「でかいな」やがてとうとう、少年のひとりが、見上げたままつぶやいた。背が高く、髪はくすんだ赤毛、荒れた肌をしている。「あの船」

「ああ」

アレンも、やはり見上げたまま応じた。

「どこから来たんだろうな」

と、ぎこちない口調でつづける。アレンにとっては、生産プロセスは天体の運行のようなものだった。自分と関係のないところで自動的に処理されているのだし、そうあるべき性質のものなのだ。

「ベラトリックス7だよ」

と、さっきの少年が答え、仲間のふたりがうなずいた。

「タングステン製品さ。朝からずっと、電球の荷降ろしをやってる。ベラトリックスはただの機械生産星系だよ。系内のどの惑星も、居住不可能」

「ベラトリックスなんざくそくらえだ」と、少年たちのひとりが吐き捨てるようにいう。

アレンは不思議に思った。

「どうして？」

「住めないからさ」

「どうしてそんなことを気にするんだい？」

少年たちは軽蔑したような目でアレンを見た。

「おれたちの行き先だからさ」と、ようやく中のひとりがしわがれ声で答えた。

「どこが？」

軽蔑が、不快感に変わったようだ。少年たちの一団は、じりじりとアレンから離れていく。

「外さ。開かれた場所。なにかが起きてる場所」

赤毛の少年が口をひらき、

「シリウス9じゃ、クルミを育ててる。ここのとほとんどおんなじ。味のちがいはわかんねえよ。惑星全体がクルミ林だらけ。それに、シリウス8じゃ、オレンジがとれる。ただ、オレンジの木は枯《か》れちまったけど」

「コナカイガラムシ病が」べつのひとりがむっつりといった。「オレンジをぜんぶだめにしちまった」

「おれは、オリオンへ行くんだ。あそこじゃ、本物のブタを育ててる。ここのブタと見分けがつかないやつをな。あんたにだって、ぜったい見分けられやしないね。賭けてもいい」

「しかし、あそこは中央からずいぶん遠いぞ」とアレン。「現実的に考えてみろ――こんな都心の貸借権を手に入れるために、きみの親は何十年もかけたはずだ」

「知ったことかよ」

少年たちのひとりが嘲《あざけ》るようにいい、それをきっかけに、一団はばらばらになって散っていった。ひとり残されたアレンは、わかりきった事実に、じっと思いをめぐらしていた。

モレクは、自然なものではない。ひとつの生き方として、学びとらねばならないものだ。

それは事実だったし、少年たちの不幸な境遇が、そのことを思い出させた。

自動工場の集荷ステーションに隣接する物資配給所は、まだ店をあけていた。入口のドアをくぐりながら、アレンは財布に手をのばした。

「もちろんございます」購買カードがパンチされると、姿なき店員がいった。「ただし、3・2ものしかございません。ほんとうにそれをお飲みになりますか？」

さまざまな品物がずらりと並ぶ壁の中で、ビール瓶をディスプレイしたウィンドウが点灯し、客の確認を求めている。

「干し草からつくられたビールですが」

いまから千年も前に、一度だけ、3・2ビールを飲もうとスロットにパンチして、かわりにスコッチの五分の一ガロン瓶が出てきたことがある。どこから来たものかは神のみぞ知る。おそらく、戦争を生き延びた瓶をどこかのロボット店主が発見し、ひとつきりしかない公認陳列棚に並べたのだろう。そんな奇跡は二度と起きなかったが、アレンは子どもじみた執着から、いまだに3・2ビールをパンチしつづけている。どうやらそれは、完全無欠な社会にあってさえ生じる、説明のつかない異常のひとつらしい。

「返金してくれ」といって、アレンは蓋《ふた》をあけていないビール瓶をカウンターに置いた。

「気が変わった」

「だからいったでしょう」

店員はもう一度、アレンの購買カードを収納した。しばらくのあいだ、手ぶらでそこにたたずんでいた。心の中を風が吹き抜ける。それから、店を出た。

数分後、アレンはせまい屋上発着場へとつづくランプを昇っていた。エージェンシーが緊急のフライトに使うスライバーが格納庫に駐機されている。

「それでぜんぶですか？」

と、マルパルトはたずねた。患者の意識に同調させてあった装置類――ジャングルのように頭上から下がるワイアやレンズのスイッチを切る。

「オフィスを出てから北海道に出発するまでのあいだ、ほかにはなにも起こらなかったんですね？」

「ええ、なにも」

コーツ氏は、両腕をだらんと下げて、テーブルにつっぷしている。その横で、ふたりの技術者が計器をチェックしていた。

「思い出せなかったできごとというのは、さっきの？」

「ええ、自動工場のステーションにいた少年たちです」

「そのとき、意気消沈した気分だったんですか？」

「はい」

コーツ氏はうなずいた。感情の欠けた声。薬のもやに包まれて、個性が消えかけている。

「なぜです？」

「不公平だから」

マルパルトにとってはまるで意味のない話だった。ステーションの一件には、なんの重要性もない。殺人とか交接とかスリルとか、あるいはその三つが一体になったものとか、なにかセンセーショナルな暴露を期待していたのに。

「では、先に進みましょう」とマルパルトはしぶしぶいった。「北海道の一件自体に」

それから、ちょっとためらって、

「少年たちとの一件ですが……。ほんとうに、それが重大なことだと感じてるんですか？」

「ええ」とコーツ氏はいった。

マルパルトは肩をすくめ、それから技術者たちに合図して、もういちど機械のジャングルをセットさせた。


周囲は闇に包まれている。スライバーは、機械のひとりごとをつぶやきながら、眼下の島に向かって自動操縦で降下していく。シートの背に頭をあずけて、目を閉じた。降下時に特有のビューンビューンという音がしだいにおさまり、シグナル・ボードにブルーのライトが点灯した。

発着場をさがす必要はなかった。北海道全体が、巨大な発着場なのだ。着陸リリースのボタンを押すと、船は灰の地表の上を自動的に滑空しはじめた。やがて、シュガーマンの送信パターンを受信して、船は進路を転じた。誘導電波が船を導き、降下させてゆく。かすかなゴツンという振動と擦過音《さつかおん》につづいて、船が停止した。あとは、バッテリーが充電されるハム音しか聞こえない。

アレンはドアをあけて、ゆっくりと外に出た。足の下で灰が沈みこむ。泥沼に立っているような感じだ。この灰には、有機物無機物が複雑に入りまじっている。人間とその所有物とが融合し、のっぺりした黒灰色の広がりとなりはてている。戦後の長い歳月が、灰を上質のモルタルに変えていた。

右手のほうに、ちっぽけな輝きが見える。そちらに向かって歩いていくと、やがて光は、トム・ゲイツが振る懐中電灯になった。

「よう、しばらく《モレク・トウ・ユー》」

と、トム・ゲイツがいった。やせこけたチビで、ギョロ目にぼさぼさの髪、鼻はコンゴウインコみたいに曲がっている。

「調子はどうだい？」

やせっぽちの人影のうしろについて、地下シェルターの入口に向かって歩きながら、アレンはたずねた。戦争中に建設されたシェルターだが、いまだに無傷。ゲイツとシュガーマンが補強し、手直しを加えたおかげだ。ゲイツが釘を打つ役、シュガーマンはその監督役。

「そろそろシュギーがもどってくるころだと思ってたんだが。こっち側はそろそろ夜明けだ。あいつ、買物に出たきり、ひと晩じゅう帰ってこなくてね」

ゲイツは神経質そうなかん高い声でくすくす笑い、

「でかい取引さ。ここんとこ豊作でね。需要のある上物がたっぷり。うそじゃないぜ」

階段を降りると、シェルターのメインルームに出た。本、家具、絵画、食糧の缶や箱や壺、じゅうたん、骨董品、それにどうしようもないガラクタがごちゃごちゃにまじりあっている。蓄音機がシカゴ版の「アイ・キャント・ゲット・スターティド」を咆哮《ほうこう》していた。

ゲイツはボリュウムを下げると、にやっと笑った。

「ま、楽にして」

アレンのほうにクラッカーの箱をひょいと投げ、つづいてチェダー・チーズをひとかけら投げてよこし、

「ホットじゃないぜ——百パーセント安全だ。いやまあ、掘って掘って掘りまくったね。この灰の山をはるばる深く。ゲイツ&シュガーマン、日雇い考古学者コンビ」

過去の残滓《ざんし》。まだ使えるもの、直せば使えるもの、役に立たないガラクタ、はかりしれ

ない価値を持つもの、アクセサリー、雑多なゴミ。アレンはガラス製品のカートンの上に腰をおろした。花瓶、グラス、タンブラー、カット・クリスタル。

「モリネズミの巣だな、まるっきり」

といいながら、アレンは欠けたガラス鉢を手にとってながめた。はるかむかしに世を去った二〇世紀の職人の手になるガラス工芸品。表面に、フォーンと狩人の模様が彫りこんである。

「悪くない」

「勉強させてもらいまっせ」とゲイツがいった。「五ドル」

「高すぎる」

「そいじゃ三ドル。この手の品物は右から左に動かさないと。商品の回転がはやけりゃ、利益が保証される」

ゲイツはうれしそうに笑って、

「さてさて、なにをお求めですかな？　ベリンジャーのシャブリ？　千ドルでございます。『デカメロン』を一冊？　二千ドルになります。電気ワッフルメーカー？」

頭の中で計算する顔になって、

「サンドイッチ・グリルにも使えるタイプですと、少々割高になりますが」

「なんにもいらないよ」

と、アレンはつぶやいた。目の前には、ぼろぼろになった新聞や雑誌や本が、茶色のひもで縛って、高々と山積みにしてある。いちばん上の新聞には、〈サタデイ・イブニング・ポスト〉とあった。

「〈ポスト〉は六年分セットになっております」とゲイツ。「一九四七年から一九五二年まで。状態は非常に良好です。そうですな、そろいで一万五千てなところでいかがでしょう？」

〈ポスト〉の横の、ひものかかっていない山を乱暴にひっかきまわしながら、

「これは掘出物ですよ。〈エール・レヴュー〉。かの〝リトル〟マガジンというやつでして。トルーマン・カポーティ、ジェイムズ・ジョイスなどに関する記事が楽しめます」

狡猾《こうかつ》そうに目を光らせて、

「おまけにセックスもたっぷり」

アレンは、湿気《しっき》を吸って色褪せた表紙の本を一冊手にとってみた。安っぽい綴《と》じで、しみだらけのパルプ紙はがばがばになっている。

疲れ知らずの処女　ジャック・ウッズビー

でたらめにページを開くと、魅力的なパラグラフが目に飛び込んできた。

〝……薄い絹のドレスの引き裂かれた布地の下で、彼女の胸は白い大理石の小山の如《ごと》くに盛り上がっていた。こちらに引き寄せると、その素晴らしき肉体の燃え盛る欲望が感じられた。半ば目を閉じて、彼女は幽《かす》かな呻《うめ》き声を洩《も》らした。「やめて、おねがい」息を喘《あえ》がせ、弱々しく彼の体を押し退《の》けようとした。しかしその時、ドレスがすっぽりと脱げ、しなやかで美しい乙女の肢体《したい》が白日の下に晒《さら》されたのであった……〟

「やれやれ」とアレンはいった。

「上物《じょうもの》だぜ」

ゲイツがいつもの口調にもどってそういうと、となりにうずくまった。

「もっとある。ほら」もう一冊掘りだして、こちらにさしだす。「読んでみろよ」

われは殺人者

著者名は、歳月に色褪せて判読できない。ぼろぼろのペーパーバックのページを開き、アレンは読んだ。

「……もう一発、女の下腹部にブチこんだ。はらわたと血が飛び散り、ちぎれたスカートをぐっしょり濡らす。靴の下の床が、女の臓物でぬるぬるしやがる。ずたずたになった乳房の片方をうっかり踵《かかと》で踏んづけちまったが、なに、かまうこたあない、この女はもう死んでるんだ……」

本を閉じ、腰をかがめて、灰色の装丁の、カビの生えたぶあつい本をとると、アレンは、ページを開いた。

「……スティーヴン・ディーダラスは、蜘蛛《くも》の巣の張っているウィンドーを通して、宝石細工師の指が古ぼけた鎖を吟味する様《さま》を見まもった。埃《ほこり》がウィンドーや陳列箱に膜《まく》をかぶせていた。禿鷹《はげたか》のような爪を生やしてこつこつと細工に余念がないその指を、埃が黒く染めていた……」

「そいつはホットなやつだぜ」と肩ごしにのぞきこんでゲイツがいった。「ほらほら、もっと先までのぞいてみろよ。とくに最後んとこ」

「どうしてこんなものがここにあるんだ？」とアレンはたずねた。

ゲイツはぽんと手を打って、もどかしげな身振りをした。

「おいおい、こいつは正真正銘ほんまもんなんだぜ！　本の山ん中でもいっちゃんスパイシーなやつだ。こいつ一冊でいくら稼げると思う？　一万ドルだぜえ！」

ゲイツは本をひったくろうとしたが、アレンは離さなかった。

「……青銅《ブロンズ》や銀づくりのくすんだ巻線の上に、辰砂《しんしゃ》の菱形面の上に、紅玉《ルビー》の上に、また瘡《かさ》病みの皮膚のような、赤葡萄酒のような色の宝石の上に、埃は眠っていた……」

アレンは本を置いた。

「悪くないな」

奇妙な感覚が背筋を走り、アレンはもう一度、注意深くその段落を読んだ。

そのとき、階段のきしる音がして、シュガーマンが部屋にはいってきた。

「なにが悪くないって？」

本にちらっと目をやると、シュガーマンはうなずいて、

「ジェイムズ・ジョイスか。いい作家だよ。最近じゃ、『ユリシーズ』は相当な金になる。ジョイス自身が稼いでた以上だな」（引用は丸谷才一・永川玲二・高松雄一の共訳より）

シュガーマンは腕に抱えていた荷物を放り出して、

「トム、地上にゃ、まだ船いっぱい荷が残ってるぞ。覚えててくれよ。とりにいくのはあとでいいから」

シュガーマンはがっちりした体つきの丸顔の男で、ひげの剃りあとが青々としている。シュガーマンはウールのコートを脱ぎはじめた。

『ユリシーズ』のページをめくりながら、アレンがいった。

「どうしてこの本がほかのといっしょになってるんだい？　まるっきりちがうじゃないか」

「字が書いてあるのはいっしょだろ」

そういって、シュガーマンは煙草に火をつけると、装飾入りの象牙のシガレット・ホルダーにさした。

「最近、そっちの景気はどうだい、社長？　エージェンシーの景気は？」

「悪くない」

と、アレンはうわの空で答えた。まだ、本のことが気になっている。

「しかし、これは……」

「その本もやっぱりポルノグラフィーなのさ」とシュガーマンがいった。「ジョイス。ヘミングウェイ。退廃したゴミ。一九八八年、大佐が最初に設立した書籍倫理委員会が、『ユリシーズ』を禁書リストに載せた。ほらよ」

シュガーマンは苦労してひと山の本を掘りだすと、つづいてもうひと山、アレンの膝に放り投げた。

「まだもうひと山あるぜ。二〇世紀の小説だ。いまじゃ、みんななくなっちまったけどな。発禁、焚書《ふんしょ》、廃棄処分」

「でも、こういう本はなんのために書かれたんだ？　どうしてゴミといっしょになってる？　むかしはそうじゃなかったんだろ？」

シュガーマンの顔におもしろがるような表情が浮かんだ。ゲイツはげらげら笑いだし、ひざをたたいた。

「どういうモレクを教えてるんだ?」とアレンはなおも食い下がった。

「そんなもん、教えてないよ」とシュガーマン。「とくにこの手の小説は、非モレクさえ教えてない」

「ぜんぶ読んだのか?」

アレンは『ユリシーズ』の厚さを目ではかった。好奇心と困惑が頭をもたげる。

「なんのために? なにがわかった?」

シュガーマンは思案顔になった。

「こっちの、ほかのべつにしてあるやつは、本物の本なんだ」

「どういうこと?」

「説明がむずかしいな。なにかについて書いてあるってこと」

シュガーマンの顔に笑みが広がる。

「おれはインテリなんだぜ、パーセル。説明しろっていうならいうけど、ここにある本は、文学なんだ。だから、おれにきかないほうがいいぜ」

「この連中は」

と、ゲイツが息のかかる距離まで顔を近づけて説明した。

「最初から最後まで自分で書いたんだ。〈浪費の時代〉にはそれがふつうだった」手近の一冊をこぶしでごつんとなぐりつけ、「これが証拠。ぜんぶここに書いてある」

「でも、こういう本はちゃんと保存すべきなんじゃないか」とアレン。「ゴミといっしょに捨てたりしちゃいけない。歴史的な記録としてとっておく必要がある」

「もちろん」とシュガーマン。「だからこそ、おれたちにも当時の生活がどんなだったかわかるってもんだ」

「貴重なものだ」

「おおいに貴重だよ」

アレンは腹立ちまぎれに、

「真実を教えてくれるんだ！」

シュガーマンは笑いまじりのうなり声をあげた。ポケットチーフをとりだして笑い涙をぬぐい、

「そういうことさ、パーセル。ここの本は真実を教えてくれる、唯一無二の絶対的真実を」

とつぜん、シュガーマンは真顔になって、

「トム、こいつにジョイスの本をくれてやれ。おまえとおれからのプレゼントだ」

ゲイツはぎょっとした顔になった。

「でも『ユリシーズ』は一万ドルの値打ちもんだぜ！」

「いいからやれよ」シュガーマンはふきげんな、とげとげしい声でいった。「パーセルが持ってるべき本だ」

「受けとれないよ」とアレン。「そんな値打ちのあるもの」

そういってから、自分には代金の支払い能力がないことに気がついた。一万ドルも持っていない。が、それと同時に、『ユリシーズ』をほしいと思っている自分にも気づく。

シュガーマンは、気まずい沈黙の中で、じっとアレンをにらみつけていた。

「モレクか」とようやくつぶやく。「贈り物はご法度《はっと》。わかったよ、アレン。すまなかったな」

シュガーマンは立ち上がると、となりの部屋にはいった。こちらをふりかえって、

「シェリーを一杯どうだ？」

「上物だぜ」とゲイツ。「スペイン産のほんまもん」

半分からになった酒瓶を持ってもどってくると、シュガーマンはグラスを三つさがしてきて、シェリーを注いだ。

「ぐっといけよ、パーセル。善と、真実と、そして――」ちょっと考えてから、「道徳に乾杯」

三人はグラスを乾《ほ》した。

マルパルトは最後のメモをとり終えると、技術者ふたりに合図した。オフィスの照明が点灯し、車輪つきの機械がうしろに下げられた。

テーブルの上では、患者が目をしばたたき、ぐったりしたようすで身じろぎした。

「それから、家にもどった？」とマルパルトはたずねた。

「ええ」とコーツ氏。「シェリーを三杯飲んで、それからスライバーで新ニューヨークにもどりました」

「で、ほかにはなにも？」

コーツ氏はふらつきながら身を起こすと、

「もどってきて、スライバーを駐機して、道具と赤ペンキのバケツを持って〈公園〉に行って、像にいたずらしたんです。からになったバケツはベンチに置いて、歩いて帰宅しました」

第一回のセッションはこれで終わったが、マルパルトはまったくなにひとつつかんでいなかった。北海道に行く前も行ってからも、患者にはなにも起きていない。患者は少年たちと出会い、スコッチの五分の一ガロン瓶を買おうとしてしくじり、それから一冊の本を見た。それだけ。まったく意味がない。

「いままでにPSIテストを受けたことは？」と、マルパルトはたずねた。

「いいえ」患者は、痛そうに目をすがめた。「薬のおかげで頭痛がする」

「いくつか、やってみたい基本的なテストがあります。おそらく、次回に実施できるでしょう。きょうはもう、いささか遅くなっていますから」

回想療法はこれで打ち止めにしよう。過去の事件や忘れられた体験を意識の表面に呼び出してみても、なんの効果もなさそうだ。これから先は、コーツ氏の心の内容ではなく、心そのものを相手にすることになる。

「なにかわかりましたか？」

コーツ氏がぎこちなく立ち上がり、そうたずねた。

「いくつかは。ひとつ質問があります。例のいたずらの結果を知りたいんですがね。コーツさんのお考えでは、あのいたずらは、──」

「ぼくにトラブルをしょいこませた」

「あなたのことじゃありません。モレク社会にもたらした影響です」

コーツ氏は考えこむような顔になった。

「なんにも。警察に仕事を与えたのをべつにすればですが。それと、新聞社には、印刷するネタを提供した」

「いたずらされた像を目にする人たちについてはどうです？」

「だれも見ちゃいませんよ。板で囲われてしまいましたからね」

コーツ氏はあごをなでながら、

「いや、先生の妹さんは見てる。それに、軍団の何人かも見てますね。像のまわりをとり囲んで、警備していたから」

マルパルトはそれをメモした。

「妹さんは、軍団の中に笑っている者がいたといってました。像はユニークなやりかたでいたずらされていた、と。お聞きだと思いますが」

「聞いています」

と、マルパルトはうなずいた。あとで、妹から事情を聞くことにしよう。

「で、軍団員は笑った、と。おもしろい」

「なぜです?」とコーツ氏。

「ふむ、軍団というのはモレク社会の突撃隊員です。出かけていって汚れ仕事をする。この社会の牙であり、自警隊《ヴィジランテ》です。そして、ふつうは笑ったりしない」

オフィスの戸口でコーツ氏は立ち止まった。

「話の要点がわからないんですが」

ドクター・マルパルトは考えていた。プ、レ、コ、グ、ニ、シ、ョ、ン、だ。未来を予知する能力。

「月曜にお会いしましょう」といって、予約ノートをとりだす。「九時に。それでよろしいですかな?」

コーツ氏はそれでいいと答え、むっつりした顔で仕事にもどっていった。

10

エージェンシーの自分のオフィスにはいると、ドリスがやってきた。

「ミスター・パーセル、なにかあったみたいです。ハリー・プライアーが話したがっていました」

美術部長だったプライアーは、フレッド・ラディーのあとを引き継いで、アレンの臨時アシスタントをつとめている。

プライアーが姿をあらわし、暗い顔でいった。

「ラディーのことなんだ」

「もう引き払ったんじゃないのか？」

コートを脱ぎながら、アレンはいった。マルパルトの薬がまだあとを引いていて、頭痛が残り、体が思うように動かない。

「引き払ったよ」とプライアー。「それから、ブレイク＝モフェットに入社した。けさ、T＝Mから情報があった。社長が出社する前に」

アレンはうめき声をあげた。

「あいつは、いま、うちで進行中のことをなにもかも知ってる」

と、プライアーがつづけた。

「新作パケットも、あたためてるアイデアも、なにもかも。つまり、いまじゃ、ブレイク-モフェットがそれをそっくり持ってるってこと」

「リストをつくってくれ」とアレン。「ラディーがなにを持っていったか確認するんだ」

デスクの前にぐったりと腰をおろし、

「リストが完成したら、すぐに教えてくれ」

その日まる一日が、リストづくりに費やされた。午後五時に、完成したリストがデスクに届いた。

「根こそぎ持ってってやがる」とプライアーがいった。脱帽したというように首を振る。

「何時間もかかったはずだ。もちろん、こっちにも、素材を差し押さえる手はある。賠償請求裁判所に訴えて、とりかえす手立てを講じる……」

「ブレイク-モフェットは何年も裁判を引きのばすだろう」

アレンは、縦長の黄色いノートをもてあそびながらいった。

「パケットをとりもどすころには、時代遅れになってる。新しいのをひねりだすしかない。もっといいやつを」

「こいつはほんとにおおごとだ」とプライアー。「こんなことはいままで一度だってなかった。ブレイク‐モフェットにネタを盗用されたこともある、素材をなくしたこともある、アイデアでだしぬかれたこともある。でも、トップレベルの人間が一切合財持ってライバル会社に寝返るなんて経験は、一度だってなかった」

「だれかをくびにしたことも、いままで一度だってなかったからな」

と、アレンはいった。ラディーのやつ、くびにされたことをそこまで恨《うら》んでたんだろうか。

「ブレイク‐モフェットは、うちに深刻な被害を与えることができるわけだ。それに、ラディーが向こうにいるとなったら、やつらはたぶん、がんがん攻めてくるぞ。遺恨試合だ。いままでそんな泥沼にはまったことは一度もなかった。ビジネスに個人的な感情がはいってくるとはな。生きるか死ぬかの、しんどい泥仕合になる」

プライアーが出ていったあと、アレンは立ち上がって、オフィスの中をうろうろ歩きまわった。あしたは金曜。T‐Mの局長ポストを受けるかどうかの決断に残された、最後の一日だ。ストレイター大佐像の問題は、今週ずっとついてまわることになる。マルパルトがいったとおり、いつ治療が完了するかはだれにもわからない。

いまのままの状態でT‐Mに移るか、それともきっぱり断るかの二者択一。土曜日になっても、おれはまだ、いまとおなじ、あてにならない人格と縁が切れない。意識のおよばない心の奥底でオン／オフされるスイッチを抱えたままでいることになる。

　実際的な側面からすると、ヘルス・リゾートもまったくといっていいほど助けにはならなかったわけだ。そう考えると、気持ちが沈む。ドクター・マルパルトは、世間の俗事には無頓着《むとんちやく》に、一生かけた検査や反応測定の見地に立ってものを考えている。しかし、そのあいだにも、世俗の状況はどんどん進展していく。決断は下さなければならない、しかしマルパルトの助力はあてにできない。事実上、だれの助力もあてにできない。グレッチェンがたたんだ紙切れをくれる以前のスタート地点に逆もどりしてしまった。

　受話器をとると、自宅に電話をかけた。

「もしもし」

　緊張したジャネットの声が答える。

「こちらは死体安置連盟です」とアレンはいった。「職務としてお伝えいたしますが、ご主人が自動工場船のマニホルドに巻き込まれて、消息を断ちました」腕時計に目をやって、「五時十五分きっかりに」

　受話器の向こうに、恐怖に満ちた沈黙が流れた。それから、ジャネットが口をひらき、

「でも……それって、いまだわ」

「じっと耳を傾ければ、ご主人の息が聞きとれるはずです。まだお亡くなりになってはいません。しかし、かなり向こうまでいらっしゃってますね」

「ほんとにもう、あなたったら！　よくそんな冗談がいえるわね。血も涙もない冷血漢！」

「ぼくが聞きたかったのは、我が家の今夜の予定はどうなってるのかってこと」

「わたしは、リナんちの子どもたちを歴史博物館に連れてってやることになってるわ」リナは、ジャネットの既婚の姉だ。「あなたのほうは、予定ないのね」

「ぼくもいっしょに行くよ」と、アレンは心を決めた。「きみと相談したいことがあるんだ」

「相談って、なあに？」と、そくざに質問が返ってくる。

「おなじみの古い問題さ」

歴史博物館なら、場所としてはうってつけだ。おおぜいの人間がひっきりなしに行き来しているから、ジュブナイルにもひとりひとりの会話をとりだすことはできない。

「六時ごろ帰る。夕食はなんだい？」

「〝ステーキ〟でどう？」

「いいね」

といって、アレンは電話を切った。

夕食のあと、ふたりはリナのアパートメントまで歩いていって、子どもふたりをあずかった。八歳のネッドと七歳のパット。幼い兄妹はたそがれのレーンを大はしゃぎで走っていって、博物館の階段を駆け上がった。アレン夫婦は、手をつなぎ、ほとんどしゃべらずに、そのあとをゆっくりついていった。気持ちのいい晩だった。空には雲が浮かんでいるものの、気候は穏やかで、おおぜいの人々が外出し、数少ない選択肢のどれかを選んで楽しんでいる。

「博物館。美術展。コンサート。公園。公共問題に関するディスカッション」

アレンは現代社会に残された数すくない娯楽を数えあげながら、「アイ・キャント・ゲット・スターティド」をかけていたゲイツの蓄音機のことを思い出していた。シカゴと、シェリーの味と、そしてなによりも、二〇世紀が置き去りにしていったゴミの山。その中心に、湿気《しっき》を吸ったあの『ユリシーズ』がある。

「それに、ジャグルも忘れちゃいけない」

うれしそうに腕にしがみついてきたジャネットが、

「ときどき、また子どもにもどれたらって思うことがある。あの子たちを見てよ」

子どもふたりは、もう博物館の中に消えていた。兄妹にとって、博物館の陳列品は、まだわくわくさせてくれるものなのだ。難解な絵画にも、まだ食傷してはいない。

「いつか、のんびりできる場所にきみを連れていきたいな」

と、アレンはいった。でも、いったいどんな場所があるだろう。モレク社会の中に、そんな場所が存在しないのはいうまでもない。どこか遠くの植民惑星なら、見つかるかもしれない。夫婦が年老いて、無用の存在になったら、そんな土地に腰をおちつけよう。「きみの子ども時代の暮らしをとりもどせるような場所に。靴を脱いで、爪先をぐるぐるまわせるところ」

はじめて会ったときみたいに。あのころのジャネットは、内気でやせた、とてもきれいな少女だった。貸借権を持たない家族といっしょに、辺境のベテルギウス4で暮らしていた……。

「たまには旅行に行けるかしら？」

とジャネットがたずねた。

「どこでもいいわ――たぶん、広々とした田舎かなんか。小川と――」ちょっと口をつぐむ。「それに草原」

博物館の中心は、二〇世紀の展示だった。スタッコ塗りの白い家がまるごと一軒、砂利道、芝生、ガレージつきで再現されている。車庫にはフォードが一台、家の中には、家具はもちろん、ロボットのマネキンまでいて、テーブルにはあたたかい食事、タイル張りのバスタブには入浴剤入りの湯が張ってある。ロボットは、歩き、しゃべり、歌い、喜怒哀楽を表現する。家の展示は、内部がすみずみまで見学できるよう、ぐるぐる回転するシステムになっている。客は、家を囲む円形の手すりのまわりから、まわる〈浪費の時代の暮らし〉を見物する。

家の上方には、電飾文字の案内板が出ている。

当時の人々はこんなふうに暮らしていました。

「ボタン押してもいい?」

ネッドがこっちに駆けてきて、そう叫んだ。

「ねえ、ぼくに押させてよ。だれも押さないんだよ。もう押していい時間なのに」

「いいとも」とアレンは答えた。「押しといで。だれかに先を越されないうちに」

ネッドは大急ぎで駆けもどり、手すりの前の、パットが待っている横に割り込むと、勢いよくボタンをたたいた。観客は、美しい家と家具とを、やさしい目で見守っている。これから起きることを、ほとんどの客が知っているのだ。彼らは、すくなくともしばらくのあいだ、この家の最期を目のあたりにすることになる。いま、観客たちは、豪華な景観に酔っていた。缶詰の食糧の山、巨大な冷凍庫とレンジと流し台と洗濯機と乾燥機、ダイヤモンドとエメラルドでできているような車。

展示の上の電飾文字が消えた。煙の醜《みにく》い雲が広がり、家を包みこむ。中の電気が暗くなり、にぶい赤に変わり、そして消えた。家が揺れ、それから、観客の足元にもゴロゴロという振動が伝わってきた。地下を風が吹いていくような、ゆっくりした揺れ。煙が散ったとき、家は消えていた。残っているのは、ばらばらになった建築資材の山だけ。二、三本、鉄骨がつきだし、コンクリート・ブロックとスタッコのかけらがそこらじゅうに散らばっている。

地下室の残骸の中で、生き残ったマネキンたちが、あわれを誘う全財産を前に肩を寄せあっている。解毒処理した飲料水のタンク、犬のシチュー、ラジオ、薬。生き残ったマネキンは三体だけで、みんな動きがにぶく、具合が悪そうに見える。衣服はぼろぼろで、皮膚は放射能被曝で焼けただれている。

展示のこちら側に、またサインが点灯した。

そして、こんなふうに死にました。

「すげえ」もどってきたネッドが感嘆の声を洩らした。「どういう仕組みなの？」

「かんたんさ」とアレン。「あの家は、ほんとにあのステージの上にあったわけじゃない。上から三次元映像を投射してるだけなんだよ。それを、べつの映像に変えただけ。あのボタンを押すと、サイクルがはじまる」

「もう一回押していい？」ネッドがねだった。「おねがい、もう一回だけ押したいんだ。

またあのおうちをふっ飛ばしてみたいの」

館内を連れ立ってぶらぶら歩きながら、アレンはジャネットに向かっていった。

「楽しい夕食だったんならいいけど。どうだった？」

ジャネットが、腕をつかんできた。

「話して」

「因果はめぐる風車《かざぐるま》ってやつでね。しかも、えらく怒り狂った風が吹いてきた。ラディーがうちの社の財産を両手に持てるだけ持ってとびだして、まっすぐブレイク－モフェットの門をたたいたんだ。あれだけの手みやげを持っていったんだから、いまごろは副社長に迎えられててもおかしくないな」

ジャネットは悲しそうにうなずいた。

「まあ」

「ある意味じゃ、うちはもうおしまいさ。うちみたいな商売には、資産なんてない。財産といえば、新しい冴えたアイデアの山だけ。それをラディーが持ち逃げした——ざっと見積もって、来年一年分の仕事がパーだ。来年いっぱいまでのパケットについては、もうすでに、準備にかかってたからね。しかし、ほんとに頭が痛いのはそのことじゃない。ブレイク－モフェットの職員として、ラディーはぼくに仕返しできる立場にある。やつがそれを利用しないわけがない。率直にいって、ぼくはラディーの化けの皮を剝《は》いでくびにしたわけだけど、はなはだおもしろくない結果が生じたわけさ」

「どうするつもり？」

「当然、自衛策を講じる。ラディーは仕事の虫だし、有能で、組織を動かすコツもちゃんとわきまえている。しかし、独創性のある男じゃない。だれかほかの人間のアイデア——つまり、ぼくのアイデア——を使って、そこから最大限の効果を引き出すことはできる。ケシ粒ほどのちっぽけな材料から、パケットをまるごとひとつつくってみせるのが得意だったからな。でも、創造性はぼくが提供していた。だから、まだブレイク－モフェットをだしぬく可能性は残っているわけさ——一年後もまだ、ぼくがこの業界にいるとしてだけど」

「あなたの口ぶりを聞いてると、なんだかまるで——元気いっぱいみたいね」

「そりゃそうさ」

と、アレンは肩をすくめた。

「ラディーの一件も、悪い状況をさらに悪くしただけのことなんだから。ブレイク－モフェットはむかしからずっと、ぼくたちを墓場へひきずっていこうとする慣性力だった。〝男の子がすてきな女の子のハートを射止める〟式のパケットをあの会社が発表するたびに、老齢の息がこっちにかかってくる。うちは、そのほこりから苦労して抜け出さないと、身動きがとれない」

展示を指さして、

「ほら、あの家みたいに」

フォードの自動車とベンディックスの洗濯機がついた、二〇世紀の美しい家が、また出現していた。サイクルが最初にもどったのだ。

「人々はこんなふうに暮らし」とアレンは引用した。「そしてこんなふうに死にました、か。ぼくたちだってそうかもしれないな。いまこうやって生きてはいるけれど、そこにはなんの意味もない」

「リゾートでなにがあったの？」

「べつになにも。分析医に会った。回想した。立ち上がって出てきた。今度の月曜にまた行くよ」

「助けてくれそう？」

「ああ、時間さえかければね」

「で、どうするつもりなの？」

「仕事を受けるよ。テレメディアの局長になる」

「そう」

ジャネットはちょっと口をつぐみ、それからやがて、

「どうして？」

「理由はいくつかある。第一に、ぼくならいい仕事ができる」

「銅像のことは？」

「銅像の問題が消えてなくなることはないよ。どうしてあんないたずらをしたのか、いつかはその理由をつきとめられるだろうけど、土曜の朝までにってのは無理だ。理由がわかるまでのあいだも、ぼくは生きていかなきゃならないし、決断をくださなきゃならない。ところで……局長の給料は、いま稼いでる額とだいたいおんなじだよ」

「T－Mの局長になったら、ラディーはあなたをもっとひどく痛めつけられるんじゃないの？」

「エージェンシーをもっとひどく痛めつけられるのはたしかだね、ぼくがいなくなるんだから」

アレンは考えをめぐらした。

「いっそ、解体したほうがいいかもしれない。しばらくはようすを見よう。T－Mでの仕事がどう運ぶかしだいだからね。六カ月もしたらエージェンシーにもどりたくなってるかもしれないし」

「あなた自身に対しては？」

「ぼくに対しても、もっときつい攻撃ができる」

と、アレンは率直に認めた。

「だれにとっても、ぼくはかっこうの獲物になる。メイヴィスを見なよ。この業界のビッグ・フォーが、そろってT‐Mに食い込もうとしている。そして、ぼくの場合には、その巨人のひとりに、うるさいブヨのおまけがくっついてるってわけ」

「それが、いくつかあるっていう理由のひとつなんでしょ。ラディーと正面からとっくみあいたいのね」

「ああ、たしかに対決は望んでるよ。テレメディア局長の地位を利用して、ブレイク‐モフェット社をたたくことについちゃ、なんのためらいもない。あの会社は動脈硬化で気息《きそく》奄々《えんえん》だ。テレメディアの局長として、ぼくは、彼らをこの業界から葬《ほうむ》るためにベストをつくす」

「たぶん、向こうもそれを予期してるでしょうね」

「もちろんさ。一年のあいだに、あそこのパケットはひとつでじゅうぶん。ミセス・フロストにもそういったよ。ブレイク‐モフェットのライバルとして、うちは何年もぴったり食らいついて戦ってきた。ときにはだしぬき、ときにはだしぬかれてね。しかし、T‐Mの局長になれば、派手な正面衝突が幕をあける。ぼくがT‐Mにはいったら、あとは一本道だよ」

ジャネットは、絶滅した花の展示コーナーに目を向けている。ケシ、百合、グラジオラス、薔薇。

「ミセス・フロストにはいつ伝えるの？」

「あした、オフィスに顔を出す。たぶん、向こうもそのつもりでいるんじゃないかな……最後の平日だから。ブレイク＝モフェットの件についちゃ、ぼくと同意見みたいだし、きっと喜ぶはずだ。でも、それもまた、時間がたたないとわからないことだ」

翌朝、近所のディーラーで小型のゲッタバウトを借りて、居住ユニットから委員会ビルへと向かった。

マイロン・メイヴィスは、いま住んでいる、歩いて通勤できる距離のアパートメントをあけわたすことになるんだな、と考える。上級の公職にある者は勤務先に近い場所を貸借すべしと、規則で定められている。来週あたりには、メイヴィスの手配を頼まなければ。T＝Mの新しい局長として、アレンにはメイヴィスの生活まで引き継ぐ必要がある。とはいえ多少の自由はあるし、すでに制約に対するあきらめはついていた。それは、高い地位の公務に対して支払わなければならない代償なのだ。

委員会ビルにはいるなり、正面玄関の秘書が奥へ通してくれた。待たされることはまったくなく、五分もしないうちに、ミセス・フロストの個人オフィスに案内された。

ミセス・フロストは優雅に立ち上がった。

「ミスター・パーセル。よくいらっしゃいました」

「お元気そうですね」ふたりは握手をかわした。「とつぜんたずねてきて、お邪魔じゃありませんでしたか？」

「とんでもない」

ミセス・フロストは笑顔で答えた。きょうの彼女は、きっちりした茶色のスーツ。アレンにはなじみのない、ぱりっとした布地でできている。

「どうぞ、かけてちょうだい」

「どうも」

アレンは相手の向かいに腰をおろし、

「期限ぎりぎりまでお待たせしても意味がないと思ったものですから」

「決心はついたかしら？」

「お話をお受けします。返事をこんなに引きのばして、もうしわけありませんでした」

ミセス・フロストは、とんでもないというように片手を振って、

「考える時間が必要なのは当然のことです」

それから、その顔に、純粋な喜びの表情がさっと輝いた。

「受けてくれてほんとうによかった。こんなにうれしいことはないわ」

アレンも、これには心を動かされた。

「ぼくもです」それは本心だった。

「いつから仕事をはじめられます？」

そういってから、ミセス・フロストは自分で笑いだし、両手をあげた。

「ほんとにわたしったら。あなたとおなじくらい緊張してるみたい」

「できるだけはやくはじめたいと思っています」

と答えたあとで、あらためて考えてみた。エージェンシーの残務を整理するのに、最低でも一週間はかかるだろう。

「再来週の月曜ということでいかがでしょう？」

一瞬がっかりした顔になったが、ミセス・フロストはそれをおさえて、

「ええ、移ってくるとなれば、そのくらいの時間は当然必要でしょうね。それに——たぶん、それまでのあいだでも、プライベートの時間になら、ごいっしょするチャンスもあるんじゃないかしら。いつか、夕食でも。それからジャグルを。わたし、ジャグルには目がなくって。チャンスがあればかならずプレイしてるのよ。それに、奥様にもぜひお目にかかりたいわ」

「いいですね」アレンにも、ミセス・フロストの熱狂が伝染していた。「スケジュールを調整しましょう」

11

夢。大きくて灰色の夢。裂けた蜘蛛の巣のように空中から垂れ下がるその夢は、彼のまわりにひとりでに凝集《ぎょうしゅう》し、貪欲に彼を抱きしめる。悲鳴をあげたけれど、体の中から漂い出てきたのは、音ではなく星々だった。星々は上昇し、速度を上げて、蜘蛛の巣の天蓋《てんがい》にぶつかり、そこで消滅した。

また悲鳴をあげると、こんどはその声の力で、体が斜面を転がり落ちはじめた。からまりあう蔓《つる》植物のあいだを突っ切り、泥たまりの中でやっと止まる。半分まで水が満たされたドブ。どす黒い水が鼻孔《びこう》から侵入し、息がつまる。息をあえがせ、手足をばたつかせて、手近の根っこにしがみついた。

成長するものでできたじめつくジャングルの中に、彼は横たわっていた。蒸気を上げる植物の巨大なかたまりが、水を求めて押し合いへしあいしている。騒々しく水を吸い上げては、成長し拡張し、ぽんとはじけては粒子の雨を降らせる。周囲のジャングルは、数百種類の生命もろともに変貌してゆく。ふくらんでゆく葉のあいだからさしこむ月の光はべったりと黄色く、シロップのようにねっとりしている。

そして、蠢動《しゅんどう》する植物のどろどろのまんなかに、人工の建築物があった。そちらに向かって這うように進み、手をのばす。建築物の表面はたいらで薄く、もろそうな堅さがある。不透明だ。板でできている。

その側面に触れたとき、歓喜が全身を包みこんだ。叫び声をあげると、今度はその音が、体を上に運んだ。浮かび上がり、漂いながら、木材の表面をつかむ。爪が板をひっかき、ささくれが肉に食い込む。回転する金属盤を使って、彼は板を切断し、ひっぺがした板切れを投げ落として足で踏んづけた。板は音をたてて割れ、その音が夢の沈黙の中でこだまする。

板の向こうに、石があった。

じっと石を見つめていると、畏敬の念が沸《わ》き上がってきた。石は、もちこたえたのだ。運びさられることも、破壊されることもなかった。記憶の中にあるとおりの姿で、石はそそり立っている。なんの変化も起きていないし、それはとてもいいことだ。歓喜の波が体じゅうに広がる。

両手をのばし、抱きしめるようにして、まるいかたちをした石の一部をとった。その重さでよろけてしまい、頭から先に、じめつく植物のあたたかいどろどろの中につっこんでいった。

しばらくのあいだ、横たわったまま、荒い息をついていた。顔が、ねばねばするものに押しつけられている。一度、虫が一匹、頬を這っていった。どこか遠くで、なにかが哀しげにうごめいている。とうとう、たいへんな苦労をして起き上がると、さがしはじめた。まるい石は、水ぎわの泥に半分埋まっていた。金属盤を見つけだすと、からみつく根を切断した。それから、ひざにぐっと力をこめて石を抱え上げ、それを持って歩きはじめた。草におおわれた丘、無限の彼方までつづいているような広大な斜面を横切って進んでいく。

丘のふもとまで来ると、駐車してあった小型のゲッタバウトの中に、石を放りこんだ。だれにも見られていない。夜明けはもうすぐ。空には黄色いすじがたなびいている。まもなくそれも押し流されて、ぼんやりした灰色の中から、太陽が顔を出すだろう。

フロントシートにすわって、蒸気圧をスタートさせると、レーンに沿って慎重に車を走らせた。前方にのびるレーンは、かすかに湿気を帯び、かすかに発光している。両側の居住ユニットは、ぎざぎざに突き出した漆黒《しっこく》のかたまり。有機的存在が、奇妙にかたく凝固している。その中に光はまったく見えず、動くものはなにひとつない。

自分の居住ユニットにたどりつくと、車をとめ——音をたてずに——石を抱えて裏口のランプをのぼりはじめた。長い時間がかかり、アパートメントの階にたどりついたときには足がふるえ、びっしょり汗をかいていた。鍵をあけて、石を中に運び入れる。

安堵《あんど》に力が抜けて、ベッドの端にしゃがみこんだ。これで終わった。とうとうやりとげたのだ。ベッドの中で妻がうるさそうに身じろぎし、吐息をついて、寝返りを打ってうつぶせになる。ジャネットは目を覚まさない。だれも目を覚まさない。街も、社会も、眠っている。

やがて服を脱ぐと、ベッドにもぐりこんだ。ほとんど瞬間的に、眠りに落ちる。心も体も、あらゆる緊張、すべての悩みから解放されて。

夢もなく、アメーバのごとくに、彼もまた、眠った。

12

陽光がベッドルームにさしこんでいる。あたたかくて気持ちがいい。かたわらには、妻が横たわっている。やはり、あたたかくて気持ちがいい。その髪の毛が、アレンの顔にかぶさっている。寝返りを打ち、アレンは妻にキスした。

「う、うーん……」

ジャネットがつぶやき、目をしばたたいた。

「朝だよ。起きる時間だ」

そういったものの、アレン自身、じっと動かないでいた。怠惰《たいだ》な気分。体じゅうに幸福な満足感が広がっている。身を起こすかわりに、片腕をジャネットの体にまわして抱き寄せた。

「テープ——故障しているの？」

と、眠たげな声でジャネットがたずねる。

「きょうは土曜日だよ。決定権はぼくたちにあるんだ」

肩を愛撫《あいぶ》しながら、アレンは答えた。

「張りつめた肉体が、いまにもはちきれんばかりだね」

「ありがと」

とつぶやいて、ジャネットはあくびを洩《も》らし、のびをした。それから、まじめな口調になると、

「アレン、ゆうべはどこか具合でも悪かったの？」さっと起き上がり、「三時ごろベッドを抜け出して、バスルームに行ったでしょ。ずいぶん長いこともどってこなかったわ」

「どのくらい長く？」

まるで記憶がない。

「また寝ちゃったからわからないわ。でも、長かった」

いずれにしても、いまは気分爽快《そうかい》だ。

「今週のはじめのことをいってるんじゃないか。まだ頭の中がごっちゃになってるんだろう」

「ちがうってば、ゆうべのこと。今朝はやく」

ぱっちり目を覚ましたジャネットは、ベッドをすべりおりて立ち上がった。

「まさか、外に出ていったわけじゃないんでしょ？」

アレンは考えてみた。心の中に、ぼんやりした幻が走馬《そうま》灯《とう》のように浮かび上がる。夢に

似たできごとの混乱した記憶。どす黒い水の味、植物のじめついた手ざわり。

「どこか遠くの、ジャングル惑星にいた」と、ようやく口にする。「灼熱《しゃくねつ》のジャングルには女神官がいて……白い大理石の円錐《えんすい》みたいな胸をしていた」

その一節の言葉を思い出そうとする。

「ドレスの薄い生地《きじ》の下で息づく肉体。透《す》けて見える。熱い欲望に息が荒くなる」

ジャネットは柳眉《りゅうび》を逆立ててアレンの腕をつかみ、ぐいとひっぱった。

「起きて。恥ずかしいわ、まったく。中学生じゃあるまいし」

アレンは立ち上がると、タオルをさがした。腕の筋肉がこわばっているのに気づく。力を入れたり抜いたりしてみてから、手首をこすり、ひっかき傷を調べた。

「手を切ったの？」

ジャネットがびくっとした声でたずねる。

たしかに切っていた。しかも、ゆうべハンガーにかけておいたはずのスーツが、床にぐしゃぐしゃのまま脱ぎ散らかしてある。それを拾い上げ、ベッドの上に広げて、しわをのばした。スーツは泥だらけで、ズボンのすその片方に鉤裂きができている。

外の廊下では、ドアが開き、貸借人たちが出てきて、バスルームに列をつくりはじめている。眠そうな声であいさつをかわしあっているのが聞こえる。

「先に行ってもいい？」とジャネットがたずねた。

まだスーツを調べながら、アレンはうなずいた。

「ああ、お先にどうぞ」

「ありがと」

ジャネットはクローゼットをあけて、スリップとワンピースに手をのばした。

「あなたってやさしいわ。いつもわたしを先に――」

その声が、途中で切れた。

「どうしたんだい？」

「アレン！」

クローゼットに駆け寄ると、ジャネットを押しのけた。

クローゼットの床に、ブロンズ加工したサーモプラスチックの頭があった。頭は、気高いまなざしで、アレンの背後のどこか一点をじっと見すえている。実物より大きな、巨大な頭部――堂々といかめしいオランダの鬼瓦《おにがわら》が、数足の靴と洗濯物入れのあいだに鎮座《ちんざ》している。ストレイター大佐の頭だった。

「おお、神様」

ジャネットは両手に顔をうずめて、つぶやくようにいった。

「おちつくんだ」

ジャネットが神の名をみだりに口にするのを聞いたのはこれがはじめてだった。それが、恐怖と破滅のとどめの一撃になった。

「ドアに鍵がかかってるかどうかたしかめてくれ」

「ちゃんとかかってるわ」ジャネットはもどってきてそういうと、「それ、銅像の一部でしょ？」

ジャネットの声はかすれていた。

「ゆうべ──あなた、それをとってきたのね。〈公園〉に行ってたんだわ」

あのジャングルは、夢ではなかった。闇の中、花壇の花や灌木の茂みに蹴《け》つまずきながら、無人の公園をさまよい歩いていたのだ。起きだして、歩きつづけ、とうとう板で囲われた銅像のもとにたどりついた。

「どうやって──そんな重いものを持って帰ってきたの？」

「ゲッタバウトを使った」

皮肉なことにそれは、スー・フロストのオフィスをたずねるために借りたゲッタバウトだった。

「どうするつもり？」

ジャネットは抑揚《よくよう》の欠けた声でたずねた。ショックに麻痺《まひ》したようなその顔は、この災《さい》厄《やく》に色をなくしている。

「アレン、これからどうなるの？」

「きみは着替えて、シャワーを浴びにいく」アレンはパジャマを脱ぎはじめた。「だれにもなにもいうんじゃないぞ。ただのひとっことも」

ジャネットはくぐもった悲鳴のような声を洩らすと、きびすを返して、バスローブとタオルをとり、アパートメントを出ていった。アレンはきれいなスーツをさがして、それに着替えた。ネクタイを締めるころには、昨夜のできごとがかなり鮮明によみがえってきていた。

「じゃあ、まだつづいてるのね」

と、もどってきたジャネットがいった。

「ドアに鍵をかけろ」

「まだおさまってなかった」

平板で、ぼんやりした声だった。バスルームで、鎮静剤と抗不安剤をひとつかみ飲み下してきたのだろう。

「まだ終わりじゃなかった……」

「ああ」アレンはうなずいた。「どうやらそうらしい」

「つぎはなに？」

「おれにきくなよ。わけがわからないのは、こっちもおんなじなんだから」

「それ、なんとかしなきゃだめよ」

近づいてきたジャネットが、クローゼットを指さし、責めるような口調でいう。

「死体の一部みたいに、そんなとこに置いとくわけにはいかないわ」

「じゅうぶん安全だよ」

おそらく、だれにも目撃されていない。もし見られていたら、前回とおなじく、いまごろはもう逮捕されているはずだから。

「なのにあなたは、あのポストを受けた。こんな頭のおかしい真似をする一方で、テレメディア局長の座につく——それがあなたのやりかたなのね。ゆうべは飲んでなかったんでしょ？」

「ああ」

「つまり、お酒のせいじゃないってこと。じゃあ、なんなの？」

「ドクター・マルパルトにきけよ」

アレンは電話の前に行って、受話器をとった。

「いや、自分できいてみる。彼がいればだけど」

ダイアルを回す。

「はい、メンタル・ヘルス・リゾートです」

愛想のいい、官僚的な声が答えた。

「ドクター・マルパルトはいらっしゃってますか？　患者なんですが」

「ドクター・マルパルトは八時にまいります。お電話さしあげるようもうしつたえましょうか？　失礼ですが、どちら様で？」

「こちらは——コーツです。ドクター・マルパルトに、緊急のアポイントメントをとりたいと伝えてください。八時にうかがいます、と。診《み》ていただけるまで、オフィスで待ちますから」

　メンタル・ヘルス・リゾートの自分のオフィスで、ドクター・マルパルトは興奮まじりの口調でしゃべっていた。

「いったいなにがあったと思う？」

「中に入れて、本人にきいてみればいいじゃないの」

　グレッチェンは窓ぎわに立って、コーヒーを飲んでいた。

「ああやってラウンジで待たせとくのは考えものよ。檻《おり》の中の動物みたいにうろうろ歩きまわってる。あなたたちって、ふたりとも、ほんとに——」

「テスト装置がぜんぶそろっていない。ヒーリイのところの人間に貸したままになってるのがあってね」

「彼、委員会ビルに火をつけたのかも」

「くだらない冗談はよせ！」

「可能性はあるじゃないの。たずねてみれば。あたしだって知りたいわ」

「銅像の前で彼とばったり出会ったあの夜だが」

と、マルパルトは敵意に満ちた視線を妹に投げ、

「おまえは彼が銅像にいたずらしたと知っていたのか？」

「だれかがやったのは知ってたわ。でも知らなかった、あの男——ええっと、ここじゃなんて名前になってるんだっけ？」

書類の束をつかんでぱらぱらめくる。

「ミスター・コーツがいたずらの犯人だとは知らなかったわ。興味があったから行ったのよ。いままで一度だって、あんなことが起きたためしはなかったから」

「退屈な世界だな、ちがうか？」

マルパルトはオフィスを出ると、つかつかと廊下を歩いていって、ラウンジのドアをあけた。

「コーツさん、もうおはいりいただいてけっこうです」

コーツ氏は急ぎ足であとについてきた。顔には緊張の色があり、まっすぐ前方を見すえている。

「時間をとっていただいて感謝してます」

「受付係に緊急だとおっしゃったでしょう」

マルパルトは彼をオフィスに案内した。

「こっちが妹のグレッチェンです。しかし、面識はあるんでしたな」

「こんにちは」と、一口コーヒーを飲んで、グレッチェンがいった。「こんどはなにをやらかしたの？」

マルパルトは患者がびくっとするのを見逃さなかった。

「おすわりください」

といって、椅子をすすめる。コーツ氏は従順《じゅうじゅん》にその椅子に腰かけ、マルパルトは向かい側にすわった。グレッチェンはコーヒー・カップを手にして窓ぎわに立ったまま、動こうとしない。どうやら居座るつもりのようだ。

「コーヒーは？」マルパルトのいらだちも知らぬげに、グレッチェンはいった。「ブラックで熱いコーヒーよ。それに本物。昔なつかしい米軍兵站《へいたん》部の真空缶詰。ほら」

カップにコーヒーを注いで、コーツ氏にまわし、

「もうほとんど残ってないのよ」

「たしかにうまい」と、コーツ氏がつぶやくようにいった。

「さて、と」マルパルトがいった。「こんなはやい時間には、原則としてセッションはおこなわないのですが、しかし、コーツさんの極端な——」

「銅像の頭を盗んだ」とコーツ氏が口をはさんだ。「ゆうべ、午前三時ごろ」

異常だ、とマルパルトは思った。

「頭を家に持って帰り、クローゼットに隠した。けさ、ジャネットがそれを見つけた。それで電話したんです」

「その頭ですが――」マルパルトはちょっと口ごもった。「なにか計画でも？」

「自分で意識してるかぎりは、なんにもありませんね」

「市場価値ってどのくらいかしらね」と、グレッチェンが茶々を入れる。

「助力を提供するためには――」

マルパルトは、妹をきっとにらみつけながらいった。

「まず、コーツさんの心について情報を集める必要があります。精神の潜在的な可能性について学ばなければならないのです。したがって、一連のテストを実施させていただきたい。さまざまなサイキック能力の有無を判定するのが目的です」

患者は疑い深げに眉を上げた。

「そんな必要があるんですか？」

「あなたの症状は、通常の人間精神の範疇《はんちゅう》に属さないなにかに起因《きいん》しているかもしれません。独特の心理的な要因をお持ちなのではないかと、個人的には思っています」

マルパルトはオフィスの照明を落とした。

「ESPカードはごぞんじですか？」

コーツ氏はかすかに頭を動かした。

「これからわたしが、五枚のカードをじっと見つめます——そちらからは、裏側しか見えないようにして。一枚ずつ手にとって仔細《しさい》に検分しますから、そのカードがなにかを教えてください。用意はいいですか？」

コーツ氏は、さっきよりももっとかすかに、頭を動かした。

「よろしい」

最初に引いたのは、星のカードだった。その絵柄に精神を集中する。

「なにか感触はありますか？」

「円」とコーツ氏はいった。

はずれ。マルパルトはつぎのカードを引いた。

「では、これはなんでしょう？」

「四角」

テレパシー・テストは失敗に終わり、マルパルトはその旨、チェックシートに記入した。

「では」とまた口をひらき、「こんどはべつのテストをためしてみましょう。これからやるテストには、わたしの心を読むことは含まれません」

カードの山をシャッフルしてから、デスクの上に、五枚のカードを伏せて並べる。

「裏をじっと見つめて、順番に一枚ずつ、模様を教えてください」

患者の成績は、五枚のうち一枚的中。

「しばらく、カードはわきに置いておきましょう」

マルパルトは、サイコロ振りの壺をとりだして、空中で動かした。

「サイコロをよく見てください。サイコロはランダムなパターンで落ちてきます。ある特定の目が出るように、精神を集中してください。七でも五でも、ぴんときた数の目を」

患者は十五分間、サイコロに意識を集中しつづけた。予定の時間がすぎると、マルパルトはサイコロの出目を統計表と比較した。とくに意味のある偏《かたよ》りは見られない。

「カードにもどりましょう」といって、またデックを手にとる。「こんどは未来予知のテストです。このテストでは、わたしがこれからどのカードを選ぼうとしているかを質問します」

デックをデスクに伏せて置き、マルパルトは待った。

「円」

と、コーツ氏がそわそわした口調でいう。

マルパルトは妹にチェックシートをあずけて、それからまる一時間たらず、未来予知テストをつづけた。テストが終わるころには、患者はむっつりと疲れ切った顔になっていた。

しかも、結果はなんの意味もない。

「カードはうそをつかない」

と引用してから、グレッチェンがカードを返してよこした。

「どういう意味だ？」

「ではつぎのテストに移りますって意味よ」

「コーツさん」とマルパルトはいった。「このままつづけてだいじょうぶですか？」

患者はぐったりしたようすで顔を上げた。

「これでなにかわかるんですか？」

「と思いますよ。コーツさんが、通常の超感覚的知覚をお持ちでないことは明らかです。あなたはサイ‐プラスではないかという予感がするんですよ。一般的ではない性質の能力の持ち主かもしれない」

「ＥＥＰ」と、グレッチェンがぶっきらぼうにいった。「超超感覚的知覚《イクストラ・イクストラ・センサリー・パーセプション》」

「これから一連のテストをおこないますが」

と、マルパルトはグレッチェンを無視して言葉をつづけた。

「その第一は、自分の意志を他の人間に投射する能力に関するものです」

マルパルトは折り畳み式の黒板を広げ、白墨《はくぼく》を手に持った。

「わたしはこうして立っていますから、意識を集中して、なにか特定の数字を、わたしに書かせてみてください。あなたの意志で、わたしの意志に影響を与えるんです」

のろのろと時間が過ぎた。やがてようやく、マルパルトは、漠然としたサイキックの触手を感じとり、黒板に書いた。3‐6‐9。

「ちがう」とコーツ氏がつぶやいた。「ぼくが考えてたのは7842だった」

「では」

と、マルパルトはちいさな灰色の石をとりだした。

「この無機物を複製してみてください。この石のすぐ横に、そっくりの複製を呼び出すよう、意識を集中するのです」

このテストも失敗に終わった。マルパルトは、失望を隠して石をしまった。

「つぎは空中浮揚です。コーツさん、目を閉じて、自分の体が床から浮かび上がるよう、心の中で念じてください」

コーツ氏は目を閉じて念じたが、結果は空振り。

「つぎは」とマルパルト。「片手をひらいて、うしろの壁にてのひらを押しつけてください。ぎゅっと壁を押して、それと同時に、自分の手が壁の分子のあいだを通過するよう念じるのです」

コーツ氏の手は、分子のあいだを通過することに失敗した。

「こんどは」と不屈の闘志でマルパルトはいった。「下位の生命体とコミュニケートする能力を測定することにしましょう」

トカゲが一匹はいっている箱を出してくる。

「箱の蓋《ふた》に頭を近づけて、トカゲの精神パターンに同調できるかどうかやってみてくださ い」

やはり空振り。

「トカゲには精神パターンがないのかも」とコーツ氏。

「ばかなことを」

マルパルトのいらだちは急速に大きくなりはじめていた。水を入れた皿に髪の毛を一本浮かべたものを出してくる。

「この毛髪に生命を与えられるかどうかやってみてください。そうですね、ミミズに変身させてみてください」

コーツ氏は失敗した。

「ほんとにいっしょうけんめいやった？」とグレッチェンがたずねる。

コーツ氏は気弱な笑みを浮かべ、

「ああ、すごくいっしょうけんめい」

「かんたんなはずなんだけどな。髪の毛とミミズのあいだには、たいしてちがいなんかないじゃないの。曇りの日なんか――」

「こんどは」とマルパルトは割ってはいった。「治癒《ちゆ》の能力をためしてみましょう」

患者の手首にひっかき傷があるのに気がついていた。

「サイキック能力を、その手の、組織の損傷に集中させてください。健康な状態にもどるよう念じるのです」

ひっかき傷はそのまま。

「残念ね」とグレッチェンがコメントする。「べんりな能力なのに」

あいつぐ失敗で暗澹《あんたん》たる心境に陥りながらも、マルパルトは水脈占いに使う木の杖《つえ》をとりだして、患者に水をさがしだすようにといった。水を入れたボウルがオフィスの中に巧妙に隠してある。コーツ氏は杖を手に、部屋の中をうろうろ歩きまわった。杖の先はぴくりともしない。

「木のせいよ」とグレッチェンがなぐさめた。

失意のマルパルトは、リストの残りに目を落とした。

死者の霊魂とコンタクトする能力
鉛を金に変える力
他の形態に変身する能力
害虫もしくは汚物の雨を生み出す力
離れた場所から人間を殺傷する能力

「どうやら」と、とうとうマルパルトはいった。「疲労のために、あなたの潜在意識が非協力的になっているようですな。したがって、テストの残りは、またべつの機会に譲《ゆず》るべきだというのがわたしの結論です」

グレッチェンがコーッ氏のほうを向いて、

「火を灯《とも》せる？　一撃で七人を殺せる？　あなたのお父さんはあたしの父親に勝てる？」

「盗みはできるよ」と患者は答えた。

「たいしたことないわね。ほかには？」

コーッ氏は思案顔になった。

「それだけみたいだな」

やおら立ち上がると、コーッ氏はマルパルトに向かって、

「月曜の予約はこれでキャンセルになったと思いますが」

「お帰りですか？」

「これ以上ここにいてもしかたなさそうですから」コーッ氏はノブに手をのばした。「なんの結論も出ない」

「で、もう二度ともどってはこない、と？」

コーッ氏は戸口で足をとめた。

「おそらくは」

いまのところ、彼の頭には帰宅することしかないようだった。

「気が変わったらご連絡します」

コーツ氏はオフィスを出て、うしろ手にドアをしめようとした。

そのとき、周囲の照明がすべて消えた。

13

ガタンゴトン。

バスは停留所から離陸すると、屋根屋根の上をまた飛翔しはじめた。眼下には、芝生で区切られた家々が整然と並び、陽光を反射してきらきらと輝く。プールがひとつ、青い瞳のように横たわっていた。ただし、はるか下方に見えるそのプールは、完全な円形ではなく、片側がタイル張りのパティオになっている。テーブルやビーチパラソルが見てとれた。ちいさな人影は、デッキチェアでくつろぐ人々。

「四番停留所です」バスが金属的な声でいった。「降車口はうしろです」

バスは舞い上がり、また家々が眼下で輝きはじめる。

となりの席にすわっていた大柄な紳士が、額の汗をぬぐいながら、

「きょうはあったかいな」と声をかけてきた。

「ええ」

アレンはうなずいた。それから、心の中で自分にいい聞かせる。なにもいうな。なにも

するな。動いてもいけない。

「ちょっとこれを持ってくれないかな、すまないけど。靴のひもがほどけかかってるんだ」

大柄な紳士は、腕に抱えていた荷物を押しつけてきた。

「買物するのはいいが、家まで持って帰るのがひと苦労。そいつが落とし穴さね」

「五番停留所です」

と、バスがいった。席を立つ客はなく、バスはそのまま飛びつづけた。眼下には、ショッピング区域が見える。鮮やかな色彩の店々のかたまり。

「買物は近所でしろというが」と大柄な紳士。「ダウンタウンで買物するほうが安上がりだからね。それが市場原理ってもんだ。大量に仕入れて安く売る」

縦長の紙袋から、男はジャケットをとりだした。

「上物だろ？　本物の牛革」

それから、ワックスの缶を振ってみせると、

「ただし、こいつを塗るのを忘れないようにしないと、ひび割れちまう。雨に濡らすのもよくない。それもまた落とし穴ってわけだ。しかし、世の中、なにもかも手に入れるってわけにはいかんからね」

「降車口はうしろです」とバスがいった。「車内は禁煙となっております。ご乗車のお客

様は、うしろのほうにお詰めください」

新しい家々が眼下を飛びすぎる。

「あんた、だいじょうぶかね？」と大柄な紳士がたずねた。「日射病にでもなりかけてるみたいな顔だ。きょうみたいな暑い日に、炎天下《えんてんか》を歩きまわる人間がおおぜいいる。まったく、分別《ふんべつ》ってものがない」

紳士はくすっと笑ってから、

「寒気がするのかい？　それとも吐き気？」

「ええ」

アレンはまたうなずいた。

「ひょっとして、クォートで走りまわってたんじゃないかい。あんた、クォートは得意かね？」

男はアレンの肩をぎゅっとつかみ、

「うん、いい肩だ。腕の筋肉も悪くない。あんたの年なら、ポジションは右ウィングだな。ちがうか？」

「まだそこまでは」

といって、アレンはバスの窓に目をやり、それから、透明の床ごしに眼下の都市をながめた。いったいどこで降りたらいいのかもわからないんだ、という考えが頭に浮かぶ。自分がどこに向かっているのか知らない。いまどこにいるのかも、その理由さえもわからない。

ヘルス・リゾートにいるのでないことだけはたしかだ。それが唯一はっきりしている事実だったから、アレンはその事実をこの新しい世界の中心にすえた。そこを足がかりにして、慎重に推論を組み立てはじめる。

ここは、モレク社会ではない。プールや広々とした芝生、一戸建の家々、床がガラス張りのバスは、モレク社会には存在しないものだ。モレク社会には、真っ昼間から日光浴する人間もいないし、クォートなどという球技もない。それにこれは、博物館の二〇世紀住宅のような歴史的な展示でもない。通路の向こうで乗客のひとりが読んでいる雑誌の日付は、年も月も合っている。

「ひとつ聞きたいことがあるんですが」

と、大柄な紳士に向かっていった。

「いいとも」

紳士はにこやかな笑みを浮かべた。

「この街の名前はなんと？」

大柄な紳士の顔色が微妙に変化した。

「シカゴに決まってるじゃないか」

「六番停留所です」

と、バスがいった。若い女性がふたり立ち上がり、バスは乗客を降ろすべく降下しはじめた。

「降車口はうしろです。車内は禁煙となっております」

アレンは立ち上がり、通路をすり抜けるようにして、ふたりの女性のあとにつづき、バスを降りた。

外の空気は新鮮で、木の香りが満ちていた。大きく深呼吸してから、二、三歩進み、そこで立ち止まった。バスを降りた場所は、住宅区域だった。広い並木道の両側に並ぶのは、見わたすかぎり一戸建の家ばかり。子どもたちが遊んでいる。そして、一軒の家の芝生では、若い女がひとり、日光浴をしていた。肌はかなり日焼けして、乳房はつんと上を向いている。乳首はきれいなパステル・ピンク。

モレク社会から隔絶した場所にいるという動かぬ証拠を求めているなら、これはまさしく、そのものずばり。草の上に寝そべる裸体の娘とは。いままでの生涯で、こんなものを目にしたことはただの一度もない。われ知らず、アレンはそちらのほうへと歩きだしていた。

「なに見てるの？」

と、娘がたずねた。頭の下で腕を組んで、深緑色の芝生に仰向けに寝そべっている。

「道に迷ったんだ」

最初に頭に浮かんだ言葉がそれだった。

「ここはホーリー・ストリート。交差してるのはグレン・ストリート。どこに行きたいの？」

「家に帰りたい」

「どこなの？」

「わからない」

「IDカードを見れば？　財布の中にあるでしょ」

コートのポケットに手を入れて、財布をとりだした。その中に、IDカードがあった。文字と数字がパンチされた四角いプラスチック片。

ペッパー・レーン23319番地

これが彼の住所。そしてその上に、彼の名前が書いてある。それを読んだ。

コーツ、ジョン・B

「まちがいだ」とアレンはいった。

「なにが？」娘は顔を上げた。

かがみこんで、ＩＤカードを娘に見せ、

「ほら、ジョン・コーツって書いてあるだろ。でも、ぼくの名前はアレン・パーセルなんだ。コーツっていうのはでたらめに拾いだした名前だったのに」

親指でプラスチックの表面をなで、指の腹でその凹凸をたしかめる。

娘は身を起こすと、小麦色に日焼けしたはだしの脚を組んで、芝生にあぐらをかいた。すわっていても、乳房はやっぱり上を向いている。乳首がかわいらしくつきだしていた。

「おもしろそうな話」と娘はいった。

「いまのぼくはミスター・コーツなんだ」

「じゃあ、アレン・パーセルはどうなったの？」

髪の毛を手ですきながら、こちらを見上げてにっこりする。

「きっと、もとの場所にいる」とコーツ氏はいった。

「でも、ぼくがアレン・パーセルなのに」とアレンはいった。「筋が通らない」

立ち上がると、娘はアレンの肩に片手をのせて、歩道へと導いた。

「あそこの角にタクシー・ボックスがあるわ。タクシーにいって、家まで送らせればいい。こっからペッパー・レーンまでは三キロくらいね。タクシー呼んであげようか？」

「いや。自分でできる」

敷石にそって歩きだし、タクシー・ボックスをさがした。そんなものはいままで一度も見たことがなかったので、前を通りすぎてしまった。

「それだってば！」両手をメガホンがわりにして、娘が背中から叫んだ。

うなずいて、スイッチを押した。ものの一分もしないうちに、タクシーが一台降下してきて、アレンの横に停車した。

「どちらへ？」

飛行時間もわずか一分だった。タクシーが着陸すると、アレンはスロットにコインを入れた。車を降りると、目の前に一軒の家があった。

彼の家が。

家は大きく、堂々たるたたずまいで、スギとペッパーの木立《こだち》を見下ろしている。レンガ敷きの小道の両側のなだらかに起伏する芝生に、スプリンクラーが水をまいていた。家の裏手はダリアと藤の花の花壇。深紅色と紫がいり乱れるパッチワーク。

フロントポーチに赤ん坊がいた。軽量タイプのベビーシッターが、すぐそばの手すりにちょこんと乗って、レンズでモニターしている。赤ん坊はコーツ氏に気づいて、にこにこしながら両手をのばし、回らない舌でバブバブといった。

正面玄関のドア——がっしりした硬材で、真鍮がはめこんである——は大きく開け放してあった。家の中から、音楽が流れてくる。ジャズっぽい、ビッグバンドのダンスナンバー。

中にはいった。

リビングルームは無人だった。周囲を見まわし、じゅうたんや暖炉《だんろ》を観察する。ピアノが一台。リサーチ・エージェンシーでの経験から、それがピアノと呼ばれるものであることは知っていた。鍵盤《けんばん》に手をのばし、いくつか音を出してみる。それから、ぶらぶらとダイニングルームに歩いていく。大きなマホガニーのテーブルが、中央にでんとすえられていた。テーブルにはあやめの花瓶《かびん》。壁ぎわの棚には、うわぐすりをかけた装飾入りの皿が並べてある。それをながめながら前を通りすぎて、廊下に出た。幅の広い階段が二階につづいている。見上げると、踊り場と、開いたドアが見えた。それから、きびすを返し、キッチンへと足を向けた。

キッチンの威容は圧倒的だった。縦に長く、輝くばかりの白一色。いままでに見聞きしたことのある台所用品はすべてそろっているし、いくつか、まるで見当のつかない道具もあった。巨大なレンジの上では、鍋が火にかかっている。そばに寄ってにおいを嗅いでみる。ラム・シチューらしい。

においを嗅いでいるとき、背後で物音がした。裏口のドアが開き、女がはいってきた。息を切らし、顔を真っ赤にしている。

「あなた!」女はそう叫ぶと、こちらに駆け寄ってきた。「いつ帰ってきたの?」

長い黒髪が、肩の上で揺れている。大きな瞳は真剣な光をたたえている。ショートパンツ、ホールターに、足元はサンダルという軽装。

女は、グレッチェン・マルパルトだった。

マントルピースの上の時計は四時半を指していた。グレッチェンがカーテンを引いたので、リビングルームは薄暗い。いま、彼女は煙草をふかしながらうろうろと歩きまわり、じれったげな身振りをしている。しばらく前に、プリントスカートとペザントブラウスに着替えていた。グレッチェンが「ダナ」と呼んだ赤ん坊は、二階の揺りかごですやすや眠っている。

「いったいなにがあったの?」グレッチェンがくりかえした。「なんなのか教えてほしいわ。まったくもう、おねがいするまでいわないつもり?」

こちらをふりかえると、けんか腰の顔で、

「ジョニー、あなたらしくないわよ」

彼はジン・スリングのグラスを手に、カウチに寝そべっていた。おちついたグリーンの天井を見上げながら、じっと物思いにふけっていたが、やがてグレッチェンの声が炸裂した。

「ジョニー、おねがいだから！」

彼は身を起こした。

「そんなに大声でどならなくたって、ぼくはここにいるよ。外に立ってるわけじゃない」

「なにがあったのか話して」こちらにやってくると、カウチのひじかけに腰かける。「水曜の一件のせいなの？」

「水曜の一件て？」

他人ごとのような好奇心が頭をもたげる。

「フランクのパーティよ。あなた、わたしがあの男といっしょにいるところを見つけて――」

グレッチェンは視線をそらした。

「名前は忘れちゃったけど、ほら、背の高い、ブロンドの男。あなた、すごく怒ってるみたいだった。いまみたいな感じだったわ、ちょっとだけど。あれのせいなの？　おたがいのプライバシーには干渉しないってことで、わたしたちのあいだには合意が成立してると思ったけど」

「ぼくたちが結婚してから何年になる？」とたずねてみた。

「お説教をはじめるつもりね」グレッチェンはためいきをついた。「いいわよ、つづけなさいよ。でも、そしたらつぎはわたしの番よ」

「いいから質問に答えてくれ」

「忘れちゃった」

じっと考えにふけったまま、

「女房族はいつだって覚えてるもんだと思ってた」

「ああもう、いいかげんにして」

グレッチェンは立ち上がり、蓄音機のそばに歩み寄った。

「食事にしましょう。したくさせるわ。それとも、外で夕食にする？　人前に出たほうが気分がよくなるかもね――ここにこうして閉じこもってるより」

閉じこもっている感覚はなかった。いま寝そべっているこの場所からは、一階の大部分が見わたせる。部屋また部屋……オフィス・ビルにでも住んでるみたいだ。ワンフロア全体を借りている――いや、まるまるツーフロアか。それにくわえて、裏庭には、来客用の三部屋あるコテージ。

じつのところ、どんな感覚もなかった。ジン・スリングのせいで、感情が麻痺している。

「頭を買う気はないかい？」とたずねた。

「なんの話？」

「銅像の頭。ブロンズ加工のサーモプラスチック製、百パーセント本物そっくり。切断器具で容易に加工できる。これでぴんとこないかい？　じつに独創的な仕事だっていったのはきみじゃないか」

「わけのわからない話はやめて」

「一年？　それとも二年？」と、話題をもどした。「だいたいでいいんだけど」

「わたしたちが結婚したのは二一一〇年の四月。だから、四年になるはずよ」

「そりゃまたずいぶん長いね、ミセス・コーツ」

「ええそうね、ミスター・コーツ」

「で、この家は？」

　この家は気に入っていた。

「この家は」と、グレッチェンが怒気を含んだ口調で答えた。「あなたのお母さんのもの。その話はもううんざりよ。ここになんか越してこなきゃよかった。こんな家、売っぱらっちゃえばよかった。二年前ならいい値で売れたのに。いまは不動産不況だけど」

「また上がる。いつもそうなんだから」

　こちらをにらんだまま、グレッチェンは大股にリビングルームを横切って、廊下に出た。

「夕食の前に、二階で着替えてくるわ。食事のしたくをするようにいっといてちょうだい」

「食事のしたくをしろ」と彼はいった。

　不快げに鼻を鳴らして、グレッチェンは去った。コツコツという足音が階段から響き、やがてそれも聞こえなくなる。

この家はすばらしい。広々としたスペース、ぜいたくな調度、しっかりした造りで、デザインは現代的。あと一世紀はもつだろう。庭は花でいっぱい、フリーザーは食べものでいっぱい。天国みたいだ。公務に捧げた歳月のあとに報酬として与えられる生活の理想像。犠牲と闘争と口論とミセス・バーミンガムを――モレク社会の緊張ときびしさを――耐え忍んだ長い年月の代償。

彼の一部がそれを手中にした。その一部がなんと名づけられているかはわかっていた。ジョン・コーツ。彼はいま、自分の世界にいる。そしてその世界は、モレク社会のアンチテーゼなのだ。

耳元で声がした。

「自我の一部がまだ残存している」

第二の、女の声がいった。

「でも、埋まっちゃってるわ」

「完全に退行しているな」第一の、男の声。「挫折《ざせつ》のショックだ。サイ・テストが無惨な結果に終わったことが引き金をひいた。リゾートを出て、家に帰るはずだったのに、そうすることができなかった」

「もっとましな解決策がなかったの？」と、女の声がたずねる。

「あの時点では、逃避する場所が必要だったんだよ。モレクにもどることはできず、リゾートでは助力を得ることもできなかった。それについては、わたしにも責任の一端がある。テストで時間を無駄にしてしまったからね」

「役に立つと思ってたんでしょ」女の声が、そばに寄ってくるような気がした。「あたしたちの声、聞こえてるのかしら」

「どうかな。それを知る方法はない。カタレプシーは完全だから、反応を見せることができない」

「どのくらいつづくの？」

「むずかしい質問だな。数日か、数週間か。今後死ぬまでということもありうる」

マルパルトの声が遠のくような感じになり、彼はなんとか言葉を聞きとろうと神経を集中した。

「奥さんに連絡すべきだろうな」

「この人の内世界について、なにかわかってることはあるの？」グレッチェンの声も、ちいさくなりはじめている。「どんな幻想の中に迷いこんでるのかしら」

「現実逃避だ」

声が消え失せ、それから一瞬だけもどってきた。

「時がたてばわかる」

そして、なにも聞こえなくなる。

カウチから苦労して身を起こすと、ミスター・ジョン・コーツは叫んだ。

「いまの聞いたか？　聞こえたかい？」

階段の上にグレッチェンが姿をあらわした。右手にヘアブラシ、左腕にはストッキングがかけてある。

「どうしたの？」

必死になって訴えた。

「きみと兄さんの声だった。あれが聞こえなかったのか？　これは――」

途中で口をつぐむ。

「これがなんだって？」

グレッチェンは、おちつきはらったようすで階下に降りてくると、

「いったいなんの話？」

さっきまで持っていたグラスが、知らないうちに倒れて、じゅうたんにしみができていた。身をかがめ、それを拾おうとしながら、

「きみにニュースがある。これは現実じゃない。ぼくは病気で、こいつは精神的退行が生み出した幻影なんだ」

指先がグラスに触れたとき、その背後の壁が消失した。

身をかがめたままの姿勢で、その向こうの世界を見つめた。通りと、近所の家々が見える。頭を上げるのがこわかった。マントルピースと暖炉、じゅうたんとふかふかの椅子……ランプや小物にいたるまで、そのすべてが消えていた。あとに残るのは虚無だけ。空虚。

「そこよ」とグレッチェンがいった。「あなたの手のすぐ先」

もう、グラスはどこにも見えない。部屋といっしょに消えてしまった。意志に反して、彼はうしろをふりかえった。グレッチェンもいなくなっている。彼は、虚無の中にひとりきりで立っていた。遠くに、隣家が残っているだけ。通りを車が一台走りすぎ、もう一台がそれにつづく。となりの家の窓は、カーテンが引いてある。いたるところに、闇が降りてくる。

「グレッチェン」と彼はいった。

答えはなかった。沈黙だけ。

14

目を閉じて、意志の力をふりしぼる。さっきまでいた部屋を想像した。グレッチェン、コーヒーテーブル、煙草のパッケージ、その横のライターを思い描く。灰皿、カーテン、カウチ、蓄音機を思い描く。

目を開くと、部屋がもどっていた。しかし、グレッチェンはいない。家の中には、彼ひとりだけ。

ブラインドがぜんぶ降ろしてあるが、もう遅い時刻になっているという直感が、心の奥底にあった。まるで、一瞬のうちに時間が経過したみたいな感じ。マントルピースの上の時計は八時半を指している。まるまる四時間が過ぎたのか？　四時間……。

「グレッチェン？」

ためしに呼んでみる。歩いていって、階段を昇りはじめた。やはり、グレッチェンの気配はない。家の中はあたたかく、空気は快適で新鮮だ。どこかで自動暖房システムが作動している。

右手の部屋は、グレッチェンのベッドルームだった。中をのぞいてみる。化粧台の上の、ちいさな象牙《ぞうげ》の置時計は、八時半を指してはいなかった。時刻は五時十五分前。グレッチェンも、これは見逃したのだ。二階の時計までは、時刻を進めておくのを怠《おこた》った。

そくざにきびすを返すと、一度に二段ずつ、階段を駆け降りた。

あの声は、カウチに寝そべっているときに聞こえてきた。ひざまずくと、両手をカウチの繊維に押しあてて、ひじかけや背もたれ、クッションの下をさわってみる。最後に、カウチを壁ぎわからどかしてみた。

最初のスピーカーは、背もたれの裏側のスプリングに埋め込んであった。二番目と三番目は、じゅうたんの下。紙のように薄いタイプのスピーカーだ。ざっと見積もって、すくなくとも一ダースのスピーカーが、この部屋のあちこちに隠してあるのだろう。

あのときグレッチェンは二階にいたのだから、当然、コントロール装置も上にあるはずだ。もういちど階段を上がると、グレッチェンのベッドルームにはいった。

最初のうちは、それと気づかなかった。コントロール装置は、堂々と目につく場所に置かれていた——化粧台の上、瓶やチューブや化粧品の箱のあいだに。ヘアブラシ。それを手にとって、プラスチックの柄《え》をまわしてみる。

一階から、男の声が響いた。

「自我の一部がまだ残存している」

グレッチェンの声がそれに答えて、

「でも、埋まっちゃってるわ」

「完全に退行しているな」とマルパルトの声がつづける。「挫折のショックだ――」

ブラシの柄《え》をまわして、カチリともとの位置にもどした。声がとだえる。壁のどこかに隠されている再生装置が、リプレイの途中で停止したのだ。

また下に降りると、グレッチェンがこの家を消すのに使った仕掛けをさがしはじめた。やっと発見したときには、くやしい思いがした。ユニットは、やはり目の前、暖炉の中にすえつけてあったのだ。よくあるリラックス機器のひとつ。ボタンを押すと、周囲の部屋が、家具といっしょにフェイドアウトした。外の世界は残っている。家々、通り、空。星々の輝き。

ロマンティックなムードを生み出す機械でしかない。長く退屈な夜の無聊《ぶりよう》をなぐさめるためのもの。グレッチェンは活動的な娘なのだ。

クローゼットの毛布の山の下に、古新聞が敷いてあるのを発見した。これこそ、動かぬ証拠。新聞は、〈センティネル〉のベガ版だった。ここは幻想世界ではない。おれは、ベガ4――ベガ星系第四惑星にいる。

アザーワールド――メンタル・ヘルス・リゾートが維持している恒久的な避難場所にい

るのだ。治療のためではなく、聖域を求めてやってくる人々のために提供される場所。

電話を見つけると、ゼロをダイアルした。

「番号をどうぞ」

と、オペレーターがいう。かん高くかすかなその声は、かぎりない安心感を与えてくれる。

「どこか、宙港の番号を頼む。星系間の便が出ているところならどこでもいい」

カチカチ、ブーッという雑音がひとしきりつづいたあと、チケット・オフィスにつながった。男性の声が、職業的な口調でいった。

「もしもし。ご用件を承《うけたまわ》ります」

「地球までの料金はいくら？」

いったいいつからここにいるんだろうと考えて、はっとする。一週間？　一カ月？

「ファーストクラス、片道の運賃で、九百三十ドルです。プラス、二十パーセントの奢侈《しゃし》税がかかりますが」

と、感情の欠けた声が答える。そんな金はない。

「いちばん近い星系は？」

「シリウスです」

「シリウスまでだといくらになる？」

財布の中身はせいぜい五十ドル。それに、この星はヘルス・リゾートの管轄下にある。実績で獲得した支配権だ。

「ファーストクラス、片道で、税込み運賃は……七百四十二ドルになります」

頭の中で計算する。

「地球までの電話料金は？」

「お客さま、それは電話会社におたずねください」とチケット係はいった。「わたくしどもではお答えしかねます」

もう一度オペレーターを呼び出すと、アレンはいった。

「地球に電話したいんだが」

「かしこまりました」と、驚いたふうもなく交換手は答えた。「番号をどうぞ」

テレメディアの番号を告げ、それからいま使っている電話の番号を教えた。かんたんな話。

数分のあいだ雑音が流れ、それからオペレーターの声が、

「あいにくですが、応答がございません」

「向こうでは何時になる？」

一瞬の間があってから、

「現地の時間帯では、午前三時です」

アレンはかすれた声で、

「いいかい、ぼくは誘拐されたんだ。ここから脱出して——地球にもどらなきゃならない」

「それでしたら、星系間宇宙港に連絡なさるとよろしいかと存じますが」とオペレーターはいった。

「手持ちの金が五十ドルしかないんだ！」

「あいにくです。よろしければ、宙港のどれかにおつなぎいたしますが」

アレンは電話を切った。

この家にいてもしかたがない。しかし、アレンはもうしばらく時間をかけて、グレッチェンあてのメモをタイプした——復讐のメモ。グレッチェンが見逃さないように、その紙片をコーヒーテーブルの真ん中に置いた。

親愛なるミセス・コーツ
モリーのことは覚えてるだろ。ブラス・ポーカーでばったり会っちゃってね。妊娠してるっていうんだよ。ああいう女のことだから信用はできないけど、しばらくいっしょにいてやって、きちんと面倒をみたほうがいいと思う。金はかかるけど、払わなきゃならない代償ってやつさ。

最後にジョニーとサインすると、家をあとにした。

アザーワールドでは、流しのタクシーがいくらも走っている。五分後には、看板と人波のごった返す、ダウンタウンのビジネス街にいた。

宙港の発着場では、一隻の大型船が、船尾を下に直立していた。最寄りの星系に向かって飛び立つ準備を進めているのだろう——そう考えると、焦燥感で気が狂いそうになる。

貨物トラックの列が猛スピードで行き来している。船はすでに、貨物積込みの最終段階にあった。

料金を払ってタクシーを降りると、宙港駐車場を横切り、隣接する商店街に出た。にぎやかそうな場所を求めて歩き、やがて一軒のレストランを見つけた。常連客たちで満員の繁盛した店で、喧騒《けんそう》と活気に満ちている。ばからしいとは思いつつ、コートのボタンをぜんぶ留めると、レストランのドアをあけて、レジのところにまっすぐ歩いていった。

「手を上げろ、ねえちゃん」

といって、ポケットにつっこんだ片手の人差し指を突き出してみせる。

「このマカリスター熱線銃に脳天をぶち抜かれたくなかったらな」

レジの女はひゅっと息を呑み、そくざに両手を上げた。ぽかんと口をあけて、おびえた悲鳴をちいさく洩らす。そばのテーブルにいた客たちが顔を上げ、まさかという顔でこっちを見ている。

「ようし」とアレンは大声でいった。「さあ、金をよこしな。おれのマカリスター熱線に脳みそをふっとばされないうちに、ありったけカウンターにのせて、こっちへ押し出せ」

「まあ、なんてこと」と女はいった。

ヘルメットをかぶり、ぱりっとした青い制服に身を包んだアザーワールドの警官がふたり、背後から近づいてきて、アレンの両腕をつかんだ。女は大あわてでカウンターの下に身を隠し、アレンの手はポケットから引き出された。

「自殺志願者だな」と警官の片方がいう。「超の字がつくまぬけ野郎だぜ。この手の厄介者が、安全な市民生活をおびやかす」

「放せ」とアレンはいった。「おれのマカリスター熱線銃が火を噴くぞ」

「なあ、あんた」

アレンを引きずるようにしてレストランから連れ出しながら、もうひとりの警官がいった。

「これであんたを援助するリゾートの義務は帳消しになるんだぜ。重罪をおかすことで、みずから権利を放棄したことになる」

「おまえたちみんなを消し炭《ずみ》に変えてやる」

警察車に押し込まれながら、なおもアレンはわめいていた。

「この熱線銃で目にもの見せてやる」

「IDを確認しろ」

と片方がいい、もうひとりがアレンの財布を引き抜いた。

「ジョン・B・コーツ、住所はペッパー・レーン2319番地。ようし、ミスター・コーツ、せっかくつかんだチャンスもこれでパーだ。これからモレクに逆もどりすることになる。どんな気がする?」

「きさまら、おれを送還するまで命があると思うなよ」

とアレンはいった。車は宙港発着場を疾駆《しっく》している。大型船は、まだ地上にそそり立っていた。

「この礼はかならずさせてもらうからな。いまに見てろよ」

地上一フィートの距離を滑空する車は、まっすぐ船へと向かうコースにある。サイレンのスイッチがオンになり、発着場作業員たちが仕事の手を止めて顔を上げた。

「ちょっと待てと伝えろ」

と、運転している警官がいい、もう片方がマイクをとって、管制塔を呼び出した。

「大バカ野郎がもうひとりだ。ゲートをあけてくれ」

ものの数秒で、車は船に横づけされ、ドアが船のドアに連結された。アレンの身柄は、船の警備担当者に引き渡された。

「おかえり。モレクがお待ちかねだぜ」

船の拘禁《こうきん》エリアに押し込められると、同房のお仲間がもぐもぐとそうつぶやいた。

「ありがとう」アレンはほっとしていった。「よかったよ、やっともどれた」

いまの心配は、日曜までに地球に着けるかどうかだ。月曜の朝には、テレメディアでの仕事がはじまる。失った時間は長すぎただろうか？

ふわりと床が持ち上がった。船は離昇しはじめている。

15

　船が出発したのは水曜の夜で、日曜の夜には地球にもどっていた。もちろん、日付は便宜的なものだが、地球上での時間経過はこのとおり。疲労困憊《こんぱい》、汗だくの状態で船を降りたアレンは、モレク社会に帰還した。

　宙港は、〈尖塔《せんとう》〉やアレンの居住ユニットからさほどの距離ではない。しかし、歩く気にはなれなかった。乗り物の制限は無用のきびしさに思える。アザーワールドの嘆願者たちは、バスに乗るからといって、退廃している気配はなかった。宙港の電話ボックスから、ジャネットに電話をかけた。

「あなた！」ジャネットは叫んだ。「解放してもらえたの？　ねえ――だいじょうぶ？」

「マルパルトからはどう聞かされてる？」

「治療のためにアザーワールドに行ってる、って。何週間か向こうにいることになるかもしれないといってたわ」

　これでますます筋書きがはっきりしてきた。数週間もアザーワールドにいれば、テレメディア局長ポストはおろか、モレク世界での地位のいっさいを失うことになっていただろう。そうなってしまえば、アレンがからくりに気づこうがどうしようが、大勢に影響はない。貸借権もなく、仕事もない人間には、ベガ4に残る以外、選択の余地はないのだ。

「ぼくといつ会えるかって話は、なにかしてたかい？」

受話器を通じて、せわしない息づかいが伝わってくる。

「え、ええ。いってたわ。あなたはアザーワールドに適応するだろうけど、もしそうならなかった場合には――」

「アザーワールドには適応できなかったね。のんびり日光浴してる人間がおおぜいいるだけだよ。例のゲッタバウトはまだあるかい？　ぼくが借りてたやつ」

ジャネットはゲッタバウトをレンタル管理ステーションに返却していることが判明した。料金は高額だし、ヘルス・リゾートへの支払いが、すでに家計を圧迫しはじめている。その事実が、アレンの怒りに油を注いだ。手助けするふりをして誘拐したうえに、リゾートはその勘定をこっちにまわしているのだ。

「だったら、また借りるよ」電話を切ろうとして、ふと思い出し、「ミセス・フロストはなにかいってきてるかい？」

「何度か電話があったわ」

よくない兆候だ。

「彼女にはなんと説明した？　ぼくの頭がいかれて、リゾートに逃げこんだとか？」

「残務処理に追われてて、いまは連絡できないといったわ」

ジャネットの荒い息づかいが耳もとで鳴り響き、こっちの耳がおかしくなりそうだ。

「アレン、もどってくれてほんとにうれしいわ。もう心配で心配で」

「薬は何錠のんだ？」

「ええっと、かなりたくさん。わたし――眠れなくなっちゃって」

電話を切ると、ポケットを探ってもう一枚コインをとりだし、スー・フロストの自宅の番号をダイアルした。しばし呼び出し音が鳴ったあと、ミセス・フロストが出た。おなじみの、おだやかで威厳に満ちた声。

「アレンです」と切りだす。「アレン・パーセルです。とりあえず連絡だけしておこうと思いまして。そちらでは、とくになにか不都合はないですか？」

「ミスター・パーセル」と、ミセス・フロストは切り口上でいった。「十分以内にわたしのアパートメントに来なさい。これは命令です！」

ガチャン。

アレンは無言の受話器をまじまじと見つめた。それから、電話ボックスをあとにして、歩きはじめた。

ミセス・フロストのアパートメントは、委員会書記の自宅すべての例に洩《も》れず、〈尖塔〉をまっすぐ見下ろす位置にある。アレンは大きく深呼吸して気持ちをおちつかせてから、階段を昇りはじめた。シャワーを浴び、ゆっくり休んで、きれいなシャツに着替えられたら、ずいぶん効果があるだろうが、そんなぜいたくに費やす時間はない。それにもちろん、いまの外見は、まる一週間、残務処理にかかりきりになっていた結果だといい抜けることができる。この一週間、おれは昼夜の別なくエージェンシーで馬車馬のように働いて、懸案の問題すべてにけりをつけていた――そう自分にいい聞かせて、アレンはミセス・フロストの玄関のチャイムを鳴らした。

「どうぞ」

ミセス・フロストがわきに寄り、アレンは中にはいった。ワンルームのアパートメントには、ぐったりした顔のマイロン・メイヴィスと、いかめしいむっつり顔のアイダ・ピース・ホイトがすわっていた。

「こんばんは」

転落の予感を強く胸に抱きながら、アレンはいった。

「さて」

と、アレンの真向かいにやってきたミセス・フロストがいった。

「いままでどこにいたのか話してもらいましょうか。エージェンシーにはいなかった。何度も電話してたしかめましたからね。契約代理人をエージェンシーに派遣して、あなたの部下といっしょに待機させることまでしたんですよ。ミスター・プライアーとかという人物が、あなたの不在のあいだ、アレン・パーセル社をとりしきっていました」

うそをつくべきか、真実をうちあけるべきか。逡巡《しゅんじゅん》したあげく、うそをつくことにした。モレク社会に、真実を受け入れるだけの許容力はない。罰を与え、また駆り立てるだけのことだ。そして、だれかべつの人間がT－Mの局長に任命される──ブレイク－モフェット社の傀儡《かいらい》が。

「ハリー・プライアーはわが社の管理者代行です」とアレンはいった。「ぼくが引き継ぐまでのあいだ、そちらにいるマイロン・メイヴィスがT－M局長代行をつとめているのとおなじことでしょう。先週のぼくが、T－Mから給料をもらっていたとでもいいたいんですか？」

もちろん、そんな事実はなかった。

「われわれのあいだの合意は、きわめてはっきりしています。ぼくはこんどの月曜、すなわちあしたから仕事をはじめる。過去一週間は、ぼくの時間だったはずです。T－Mがぼくの行動を拘束する権利がないことに関しては、一年前もこの一週間もおなじですよ」

「問題は──」

とミセス・フロストが口をひらきかけたとき、チャイムが鳴った。

「失礼。そろそろ着くころだと思ったわ」

ドアが開くと、はいってきたのはブレイク－モフェット社のトニー・ブレイクだった。そのうしろに、ブリーフケースを小脇に抱えたフレッド・ラディーがつづく。

「こんばんは、スー」

トニー・ブレイクが愛想よくいった。恰幅《かっぷく》のいい、五十代後半の男で、りゅうとした身なり。髪の毛は真っ白で、縁なし眼鏡をかけている。

「やあどうも、マイロン。ミセス・ホイト、お目にかかれて光栄です。やあアレン。もどったんだな。また会えてうれしいよ」

ラディーは無言だった。全員がテーブルを囲んで腰をおちつけ、緊張と尊大さのオーラを交換しあっている。アレンとしては、自分が着ているよれよれのスーツと垢染《あかじ》みたシャツを意識せざるをえなかった。一瞬のうちに、オーバーワークのビジネスマンから、〈浪費の時代〉の過激派学生にはやがわりした気分。

「話をつづけましょう」

と、ミセス・フロストがいった。

「ミスター・パーセル、奥様の話とはちがって、あなたはエージェンシーにはいなかった。最初、わたしたちは困惑しました。わたしたちのあいだには、相互の信頼関係があると信じていたからです。この種の状況が出来《しゅったい》するのは、奇妙なことといわざるをえません。謎めいたやりかたで姿を消し、あいまいなかたちでわたしたちとの接触を避けて――」

「ちょっといいですか」

と、アレンは口をはさんだ。

「あなたは野蛮《やばん》な哺乳類としてここにいるわけじゃないでしょう。モレク社会の市民たるひとりの人間として話をしているはずだ。それなりの礼儀をもって話をしないというのなら、いますぐこの場を失礼させていただきます。疲れているし、ひと眠りしたいんですよ。どちらがいいかはそちらにおまかせしますが」

ミセス・ホイトがぶっきらぼうにいった。

「彼のいうとおりですよ、スー。上司面《づら》するのはやめなさい。おねがいだから、その、自分だけが正義という口調もあらためてちょうだい。それは神様の役割です」

「きっと、わたしのことを信用してないのね」ミセス・フロストがこちらに向き直って答えた。「まず、その問題から解決すべきかしら?」

だらしなく椅子に腰かけたマイロン・メイヴィスが鼻で笑った。

「ああ、そっちのほうがいい。まずそれからかたづけろよ、スー」

ミセス・フロストの顔を、狼狽《ろうばい》の色がよぎる。

「ほんと、こんどの一件は、手におえなくなりかけてるわね。コーヒーでもいれましょう」立ち上がって、「それに、ブランデーもすこしあるわ、公共の利益に反するとお考えのかたがいなければだけど」

「おれたちは沈没しかけてる」メイヴィスがアレンに目を向けて、にやりと笑った。「ぶくぶくぶく。原罪の波に呑まれてね」

緊張がほぐれ、それに呼応《こおう》するように、ブレイクとラディーは額《ひたい》を寄せあって、小声でなにか相談をはじめた。ラディーは角縁《つのぶち》眼鏡をかけた。まじめくさったふたつの顔が、ブリーフケースの中をのぞきこんでいる。ミセス・フロストは、ホットプレートの前に行って、コーヒーメーカーをセットした。じっくり腰をおちつけたミセス・ホイトは、床の一点を見つめたまま、黙りこくっている。厚手のファーに黒の靴下、ローヒールの靴という、いつもどおりのファッション。アレンも、彼女に対しては、多大の敬意を抱いている。他人を意のままに操ることにかけては天才的な手腕の持ち主であることを、アレンはよく知っていた。

「ストレイター大佐のご血縁ですよね」とアレンは話しかけた。「たしか、そううかがっていますが？」

ミセス・ホイトは、こちらに視線を向けてくれた。

「ええ、ミスター・パーセル。大佐は父方の先祖にあたります」

「銅像の一件は、まったくひどい話ですな」とブレイクが割ってはいった。「想像を絶する行為だ。権威に対する挑戦というべきでしょう」

銅像のことはすっかり忘れていた。それに、あの頭。ジャネットがどうにかしていないかぎり、銅像の頭部はまだクローゼットの中にある。ジャネットが錠剤の瓶をいくつも空《から》にしていたとしても、無理からぬところだ。まるまる一週間、あの頭といっしょに生活していたのだから。

「犯人はきっとつかまりますよ」ラディーが勢いこんでいった。「いや、犯人たちというべきかな。個人的な意見ですが、ギャングの組織的な犯行じゃないかと思いますね」

「あの行為には、悪魔的といってもいいようななにかを感じるわ」とスー・フロスト。「あんなふうに頭を盗むなんて。前の事件からほんの二、三日しかたってないのに、またもどってきて――それも警察の目の前で――頭を盗んで、神のみぞ知る場所へ持ち去る。また見つかるかしら」

そういいながら、カップと受け皿をテーブルに並べる。

全員のカップにコーヒーがいきわたると、中断していたところから議論が再開された。しかし、こんどは節度が支配していた。冷静になった頭が活動をはじめている。

「たしかに、口論するいわれはひとつもないわね」とミセス・フロストがいった。「わたし、ちょっとどうかしてたんだわ。でもアレン、正直な話、あなたのせいでわたしたちがどんな立場に置かれたか、考えてみてちょうだい。この前の日曜――ちょうど一週間前――なんの気なしに受話器をとって、あなたのアパートメントに電話をかけた。あなたと奥様の予定を聞いて、ジャグルの夜をいつにするか決めようと思ったのよ」

「もうしわけありません」

アレンは口の中でつぶやいた。じっと壁を見つめ、心の中で親指をいじる。ある意味では、いまが最悪の瞬間だ。レトリックを駆使して謝罪するしかない。

「なにがあったのか話していただけるかしら?」

と、ミセス・フロストがつづけた。持ち前の如才《じょさい》なさが復活している。魅力的で優雅ないつもの笑みを浮かべて、

「気のおけない友だちどうしの質問と思ってちょうだい。わたしたちはみんな、あなたの友だちなのよ、ミスター・ラディーまで含めて」

「ブレイク－モフェット社のコンビがここでなにをしてるんです?」

と、アレンは言葉尻をとらえて逆襲に出た。

「おふたりがこの問題とどんな関係があるのか、ぼくには理解できませんね。ぶしつけないいかたになるかもしれませんが、この件は、あなたとぼくとミセス・ホイトの三者間の問題のはずです」

気まずそうに視線が交わされるのを見て、あとにまだなにか控えているのがわかった。もっとも、ブレイクとラディーがこの場にいる以上、当然それを予想していてしかるべきだったが。

「さあ、どうしたの、スー」ミセス・ホイトがいらだたしげな口調でいった。

「あなたと連絡がとれなくなったあと」と、ミセス・フロストが口をひらいた。「わたしたちは会議をもったのだけれど、その結果、そのまま静観することにしたの。けっきょく、あなたはいい大人なんだから。ところがそのとき、ミスター・ブレイクが連絡してきたの。長年にわたって、T‐Mはブレイク‐モフェット社とずいぶんたくさん仕事をいっしょにしてきているから、みんなおたがいによく知っているのよ。ミスター・ブレイクが、いささかひっかかる材料を見せてくれて、わたしたちとしても——」

「どんな材料です？」みなまでいわさず、アレンはけんか腰でたずねた。「まずそれを見せていただきましょう」

ブレイクがかわりに答えた。

「ここにあるよ、パーセル。そう逆上するな。いずれわかることなんだから」

といって、何枚かの書類を投げてよこす。それをつかんで、アレンはざっとながめはじめた。そのあいだに、ミセス・フロストがいった。

「ひとつたずねたいことがあるのよ、アレン。個人的な友人としてね。そんな紙切れのことはかまわないでいいわ。中身については、わたしから説明しましょう。あなた、奥さんと別居したことなんかないわよね？　他人に話せないような夫婦げんか——多少なりとも永久的な家庭不和につながる種類のなにかが、あなたたちふたりのあいだに持ち上がったりしたことはないわね？」

「この書類に書いてあるのはそういうことなんですか？」

絶対零度の手でわしづかみにされたような気分。それは、モレク社会の悩み多き住人たちが迷いこむ真っ暗な夜道のひとつだった。離婚、スキャンダル、セックス、不倫——あらゆる範囲におよぶ、結婚生活の問題すべて。

「当然のことながら」ミセス・アイダ・ピース・ホイトがいった。「そうした状況が現実のものであるなら、あなたには局長職を辞退する義務が生じることになる。トラストのこれほど高い地位にある人間は——いえ、あとはわたしの口からいうまでもありませんね」

手の中の書類がふるえ、活字、単語、日付、場所がごっちゃになってダンスを踊る。読むのをあきらめて、わきに放りだした。

「で、その問題に関して、ブレイクが書類を作成した、と？」

尾行をつけてやがったのか。しかし、やつらはまちがった先入観にとりつかれている。こっちにしてみればもっけのさいわいだ。

「聞かせてもらいましょうか」

ブレイクが、ひとつ咳払いしてから口をひらいた。

「二週間前、きみはたったひとり、エージェンシーで残業していた。午後八時半、オフィスに鍵をかけて退社した。行きあたりばったりに歩いて、物資配給所に立ち寄り、それからエージェンシーに舞いもどって、船に乗った」

「それから？」

どこまで知ってるんだろうと思いながら、そう反問する。

「それからきみは、尾行をまいた。われわれには、その、追跡をつづける用意がなかった」

「ぼくは北海道にいった。うちのブロック理事にきいてみろよ。ワインをグラスに三杯飲んで、家に帰り、玄関ステップにつまずいて転んだ。なにもかも、きちんと記録されているよ。その件でブロック集会に召喚されたが、無罪放免になってる」

「なるほど」ブレイクはうなずいた。「それではいわせてもらおう。きみは女と会っていた。それがわれわれの論点だ。相手は以前から知っている女性で、きみは自発的かつ故意に、その女性と性交渉を持った」

「かくしてジュブナイル・システムも一貫の終わりか」と、アレンは苦々《にがにが》しい口調でいった。「証拠主義の時代が終わりを告げ、魔女狩りが復活するわけだ。ヒステリーと誹謗中傷《ひぼうちゅうしょう》の嵐が」

「おなじ週の火曜日」ブレイクは無視して先をつづけた。「きみはエージェンシーを出て、公衆電話ボックスから電話をかけた。だれかに聞かれないともかぎらないので、オフィスからはかけられない種類の電話だった」

「で、その女が相手だと？」

すくなくとも、独創的な仮説ではある。しかも、この連中は、どうやら頭からそれを信じこんでいるらしい。

「女の名前は？」

「グレイス・マルディーニ」とブレイクはいった。「年齢は二十四歳前後、身長百六十三センチ、体重五十五キロ。髪は黒、肌は浅黒く、イタリア系と推定される」

グレッチェンだ、もちろん。これで、事態は本格的にややこしくなってきた。

「木曜の朝、きみは二時間遅刻した。出勤ルートをはずれ、通勤レーンにまぎれて姿を消した。意図的に、もっとも混雑しているコースを選んだんだ」

「下衆《げす》の勘繰《かんぐ》りだな」

とアレンはいったが、ブレイクの指摘は痛いところをついている。あれはヘルス・リゾートに向かう途中だった。グレイス・マルディーニ？　いったいぜんたい、その名前はどっから出てきたんだ？

「その週末、土曜の朝にも、きみはおなじことをした。尾行しているかもしれない相手をまいて、未知の場所でその女と会った。その日きみは、アパートメントに帰宅していない。八日前のその夜、きみは女といっしょに恒星間宇宙船に乗った。チケット購入時の記録では、女の姓名はグレイス・マルディーニ。そのさいきみは、ジョン・コーツなる名前を使用している。船がケンタウリに到着すると、きみと女はべつの船に乗り換え、ふたたび監視をふりきった。まる一週間、きみは地球を離れていた。きみが〝エージェンシーの残務処理に追われて〟いたと奥さんが説明している期間だよ。そして今夜、いまからおよそ三十分前、きみは恒星間宇宙船から降り立ち、いまとおなじ服装で電話ボックスにはいり、それからここにやってきた」

全員がこちらを見ていた。興味津々《しんしん》で、アレンの反応を待っている。これぞ究極のブロック集会。貪欲なる好奇心、スキャンダラスなディテールをひとつたりとも聞き漏らしたくないという欲求。以上にくわえて、義務の厳格なるモレクがある。

すくなくとも、地球からどうやってアザーワールドに連れていかれたのかは、これで判明したわけだ。マルパルトの治療薬でいいなりにされているあいだに、グレッチェンが偽名を使い、チケットを手配した。グレッチェンとともに四日間。ジョン・コーツあらわる。

「その女を連れてこいよ」とアレンはいった。

だれも口をきかない。

「どこにいるんだ?」

いつまでも、好きなだけグレイス・マルディーニをさがしつづけるがいい。彼女が出てこないかぎり、あとは伝聞証拠の山があるだけ。

「会ってみようじゃないか。その女はどこに住んでるんだ?　貸借権はどうなってる?　彼女の仕事は?　いまはどこにいるんだ?」

ブレイクが一枚の写真をとりだした。ピンぼけのプリント。アレンとグレッチェンが、大きな椅子にとなりあわせですわっている。グレッチェンは雑誌を読んでいて、アレンは眠っている。船の中で、ラウンジの反対側から盗み撮りしたものにちがいない。

「信じられない！」アレンはつくり声でいった。「ぼくが映ってる。しかも、おやおやこれはびっくり、となりに女がすわってるじゃないか」

マイロン・メイヴィスが写真をとり、ちらっとながめてから、鼻で笑った。

「一セントの価値もないな。錆《さ》びついたメキシコ・セントの一分子の価値もない。とっとけよ」

ミセス・ホイトがゆっくりといった。

「マイロンのいうとおりですね。これではなんの証拠にもならない」

「どうしてコーツなんて偽名を名乗ったんだ？」ラディーが口をひらいた。「一点もやましいところがないなら――」

「証拠を見せるんだな、まず」とメイヴィスがさえぎった。「ばかげてるね、まったく。帰らせてもらうよ。おれは疲れてるし、パーセルも疲れてる顔だ。あしたは月曜で、それがどういう日なのかはここにいる全員が知ってるはずだ」

ミセス・フロストが立ち上がり、腕を組んで、アレンに向かっていった。

「どうひいきめに見ても、この素材を証拠と呼ぶのが不可能であることは、わたしたち全員、同意するわ。でも、気にさわることはたしかね。あなたが電話をかけ、通勤の途中でどこかへ寄り道したのは事実のようだし、この一週間は姿を消していた。あなたの口から説明してもらえれば、わたしはそれを信じる。ミセス・ホイトもおなじ気持ちでしょう」

ミセス・ホイトはかすかに頭をうなずかせた。

「奥さんを捨てたの？」とミセス・フロストがたずねた。「ひとつだけ、単純な質問。イエスかノーかで答えて」

「ノー」

とアレンはいった。それはほんとうに、掛け値なしの真実だった。嘘はまったく含まれていない。まっすぐミセス・フロストの目を見つめて、

「不倫も、情事も、秘めた恋も、いっさいありません。ぼくは北海道に行って、パケットの材料を手に入れた。男性の友人に電話をかけた」

まあ、友人といえなくはない。

「その友人のもとを訪ねた。この一週間は、不幸なことに、自分でもどうしようもない状況下にありました。エージェンシーを辞《や》めて、局長職を引き受けることから派生した問題です。ぼくの動機も行動も、公共の利益にかなうものでしたし、意識は完全にはっきりしています」

ミセス・ホイトが口をひらいた。

「そろそろこの若者を放免してやりましょう。シャワーを浴びて、多少の睡眠がとれるように」

スー・フロストが近づいてきて、片手をさしだした。

「ごめんなさい。ほんとにもうしわけないと思ってるわ。わかってもらえるでしょうけど」

握手したあと、アレンはいった。

「明朝八時ですね？」

「それでいいわ」とミセス・フロストが眠たげな笑みを浮かべる。「でも、わかってちょうだいね、確認が必要だったのよ。地位にともなう責任の重さを考えると――わかるでしょ」

たしかにわかっていた。材料をブリーフケースにつめこんでいるブレイクとラディーに向かって、アレンはいった。

「パケット番号355－Bだよ。貞淑《ていしゅく》な夫が、おなじ居住ユニットの隣人で、鍋いっぱいの汚物を火にかけている老婆たちの犠牲になる。それから、鍋の中身を、老婆たちの顔にぶちまける」

顔を伏せたまま、ブレイクはそそくさと立ち上がり、口の中でおやすみとつぶやくと、アパートメントから出ていった。ラディーがそのあとにつづく。連中の見当はずれの思い込みが、いつまでおれの命脈《めいみゃく》を保ってくれるだろう。心の中で、アレンはそう考えていた。

16

　テレメディアの局長オフィスは、徹底的に清掃され、再塗装されたあと、過去を偲《しの》ぶよすがとして、アレンがエージェンシーで使っていたデスクが運びこまれていた。月曜の午前十時、アレンはすでにオフィスの感触をつかみはじめていた。大きな回転椅子に腰かけてすわり心地をたしかめ、鉛筆削りを使い、一方通行のヴュー・ウォールの前に立って、オフィス・ビルいっぱいの部下たちをひそかに観察した。

　新しい環境に適応しようとつとめている最中に、マイロン・メイヴィスが徹夜明けの顔で、お祝いとはげましにやってきた。

「この部屋のレイアウトは悪くないぜ」とメイヴィスはいった。「日当たりはいいし、空気も新鮮。きわめて健康的だ。おれを見てみろよ」

「そうあっさりこの世から退場されたんじゃ、ぼくのほうが困りますよ」と、アレンは謙虚な気持ちでいった。

「ま、当面はだいじょうぶさ。さあ、こっちへ」

メイヴィスはアレンを手招きしてオフィスを出た。

「スタッフ連中におれから紹介しておこう」

ふたりは、お祝いの〝花〟束がずらりと並ぶ廊下を、すり抜けるようにして歩いていった。隠花《いんか》植物のにおいが四方八方から襲いかかってくる。アレンはカードの名前をたしかめようと足をとめた。

「まるで温室だな」とつぶやいて、「これはミセス・ホイトからだ」

スー・フロスト、ハリー・プライアー、それにジャネットからの花束もあった。ひときわ豪勢な花束は、ブレイク－モフェット社を含む四大エージェンシーからのもの。どれも、退屈で無味乾燥な祝辞がそえられている。各社の代表者が、まもなくあいさつにやってくるだろう。それから、カードのついていない花束がいくつか。贈り主はだれだろう。居住ユニットの隣人たち——ひょっとしたら、ブロック集会で弁護に立ってくれたミスター・ウェールズかもしれない。残りは、幸運を祈ってくれる、名も知らぬ人たちからのもの。見るからに貧弱な、とてもちいさな花束がひとつあった。手にとってみる。青い花を咲かせた植物。

「そいつは本物だよ」とメイヴィス。「においを嗅《か》いでみな。たしか、ブルーベルって名前の花だと思った。だれかが過去から発掘してきたにちがいない」

きっと、ゲイツとシュガーマンだ。それに、無記名の花束のうちのひとつは、メンタル

・ヘルス・リゾートからのものかもしれない。アレンの心の奥底には、マルパルトが投下資本を回収する道を模索しているにちがいないという確信があった。
スタッフたちが仕事を中断して、新しい上司の視察を受けるべく、列をつくって待っていた。アレンはひとりひとりと握手し、ときおり思いつきの質問をはさみ、気のきいたコメントを発し、顔見知りの人間にあいさつした。アレンとメイヴィスがビルの中をひとまわりしおえたときには、もう正午近くになっていた。

「なんというか、みっともない騒動だったな、ゆうべは」

局長室にもどる道々、メイヴィスがいった。

「ブレイク－モフェットはもう何年も、局長ポストを手に入れようとやっきになってたんだ。おまえさんがその席にすわることになったのは、相当な痛手だったにちがいないね」

アレンは持ってきたファイルを開き、中をひっかきまわしてとあるパケットをとりだした。

「これを覚えてる？」といって、そのパケットをメイヴィスにわたす。「なにもかも、ここからはじまったんだ」

「ああ、そうだったな」とメイヴィスがうなずき、「枯《か》れた木。反植民化モレク」

「そうじゃないのは知ってるくせに」

メイヴィスはおだやかな表情で、

「なら、精神的飢餓《きが》の象徴ってことにしといてもいい。でなきゃ、同胞からの隔絶か。こいつを通すつもりかい？　プロパガンダの世界における新しいルネッサンスってところだな。ダンテが死後の世界に対してやったことを、おまえさんはこの業界に対してやってみるってわけか」

「このパケットは、予定をはるかに遅れてる。何カ月も前にオンエアされてるはずだったんだ。最初は慎重にはじめるつもりです。すでに買い入れているものを処理することだけを考えて。スタッフの仕事に口をはさむのは最小限にしたい。いままでどおりのやりかたをつづけてもらう――ローリスクのアプローチでね」

アレンはパケットをあけながら、

「しかし」

「しかしもへちまもない」

メイヴィスは身を乗り出し、片手で口もとを隠して、かすれた声でささやいた。

「合い言葉はエクセルシオールだ」

それから、メイヴィスはアレンの手を握り、「幸運を祈る」といった。そのあとも一時間ほど、名残りを惜しむようにとどまっていたが、やがて立ち上がり、黙ってオフィスを出ていった。

ぶらぶらと歩いていくメイヴィスのうしろ姿を見送りながら、肩にかかる重荷をひしひしと感じていた。だがそれは、闘志をかきたててくれる重さだった。

「一撃で七人」とアレンはいった。

「はい、なんでしょうか、ミスター・パーセル」

と、そくざにインターカムが反応した。秘書たちが仕事にもどっている。

「ぼくの父親はきみのお父さんに勝てる」とアレンはいった。「いや、機械をテストしてるだけなんだ。気にしないで、昼寝を——でなきゃ、さっきまでやってたことを——つづけてくれたまえ」

コートを脱いで、デスクの前に腰をおちつけると、パケットをチェックしはじめた。やはり、変更したいと思う点はまったくない。そこで、〈合格〉と書きこんでから、既決バスケットに放りこんだ。バスケットがシュッと音をたててそれを呑み込み、えんえんと連《つら》なる指揮系統のどこかでパケットは受理されて、処理工程に乗った。

受話器をとると、妻に電話を入れた。

「いまどこなの？」信じるのがこわいという口調で、ジャネットがたずねた。「あなた……」

「そ、そこにいるよ」

「し……仕事はどう？」

「無限の権力だね」

ジャネットの緊張も、多少はやわらいだようだった。

「ねえ、今晩、お祝いしない？」

それはグッドアイデア。

「いいとも。ぼくたちの記念すべき大勝利だからね。せいぜい楽しまなくっちゃ」

どんなお祝いがいいだろうと思案をめぐらし、

「アイスクリームを一クォート買って帰るとするか」

「ゆうべ、ミセス・フロストの家でなにがあったのか話してくれたら、もっと安心できるんだけど」

ジャネットの心配に根拠を与えてやっても、いいことはひとつもない。

「きみは心配しすぎだって。最終的にはなんの問題もなかったし、問題なのは結果だけさ。けさ、例のりんごの木のパケットを通したよ。覚えてるかい？　もうこれで、あれを土に埋めるわけにはいかなくなった。エージェンシーから、いちばん優秀な連中を連れてくるつもりだ。ハリー・プライアーを筆頭にね。まず手はじめに、ここのスタッフを減らして、きちんと掌握《しょうあく》できる数の精鋭部隊でかためようと思ってる」

「むずかしくて理解できないような計画をたてるんじゃないんでしょうね？　つまり、ほかの人たちがついてこられないようなやりかたをしちゃだめよ」

「ついてこられないなんてことはありえないさ。十年一日ワンパターンの素材は舞台から退場してる最中で、ありとあらゆる新しいものがはいってきてる。いろんなことをちょっとずつためしてみるよ」

　ジャネットはなつかしそうな口調になり、

「最初のころ、どんなに楽しかったか覚えてる？　エージェンシーを設立して、わたしたちの新しいアイデア、新しいパケットをT‐Mにぶつけてたころのこと」

　覚えていた。

「そのことだけ、ずっと考えてるといい。じゃ、夜に。なにもかもうまくいってるから、心配いらないよ」

　アレンは電話を切った。

「ミスター・パーセル」とデスクのインターカムがいった。「面会なさりたいというかたたちがおおぜいいらっしゃってますが」

「オーケイ、ドリス」とアレンはいった。

「ヴィヴィアンですわ、ミスター・パーセル」と、くすくす笑いのような声が響く。「最初のかたをお通ししますか？」

「ああ、通してくれ、彼でも彼女でもそれでも」

　アレンは胸の前で腕を組むと、じっとドアを見つめた。

　最初の客は女性。グレッチェン・マルパルトだった。

17

　グレッチェンはタイトな青のスーツに身を包み、ビーズのハンドバッグを持っていた。顔は青白く、黒い瞳には緊張がうかがえる。新鮮な花の香りを漂わせ、美しくリッチに見えた。ドアをしめると、いった。

「メモは読んだわ」

「赤ん坊は男の子だったよ。二千七百グラム」

　オフィスの空気が、ちっぽけな浮遊する粒子に満たされているような気がした。デスクに両手をついて、目を閉じる。ふたたび目を開くと、粒子の群れは消えていたが、グレッチェンはまだそこにいる。椅子に腰をおろして脚を組み、いまはスカートのすそをいじっている。

「いつこっちにもどったの？」とグレッチェンはたずねた。

「日曜の夜」

「あたしはけさ着いたわ」眉がぴくっとふるえ、その顔に歪《ゆが》んだ苦痛の色がはしる。「あなたは、まっすぐ歩いて出ていったわけね」

「まあね。自分がどこにいるかをつきとめたから」

「そんなにひどかった？」

「ここに人を呼んで、きみをほうりだすこともできる。出入り禁止にすることもできる。誘拐容疑で逮捕させ、告発させるきみに対しては、どんなことでも思いのままにできる。それにきみたちが使ってる頭のおかしい連中ことだって可能だ——きみときみの兄さん、そんなことをすれば、ぼく自身の人生にもピリオドを打つこともひっくるめてね。しかし、ヴィヴィアンが口述筆記のためにこの部屋にはいってきただけでもおしまいだとになる。ヴィヴィアンて？」

よ、きみがそこにすわってたんじゃね」

「ヴィヴィアンて？」

「新しい秘書たちの中のひとり。局長の地位といっしょに引き継いだ」

グレッチェンの顔に血の気がもどっていた。

「ずいぶんおおげさね」

アレンは歩いていってドアをたしかめた。ロックがついていたので、それをまわす。それからインターカムのボタンを押し、

「しばらく邪魔されたくない」

「かしこまりました。ミスター・パーセル」とヴィヴィアンの声が答えた。

受話器をとり、エージェンシーの番号にかける。ハリー・プライアーが電話に出た。

「ハリー、T-Mまで来てくれないか、スライバーかゲッタバウトか、なにを使ってもいい。できるだけ近くにパークして、ぼくのオフィスまで上がってきてくれ」

「いったいどうしたんです?」

「着いたら、秘書のデスクから電話しろ。インターカムは使うな」

アレンは受話器を置いた。かがみこんで、インターカムの線を引き抜く。

「この手の内線は、天然の盗聴器だからな」とグレッチェンに説明する。

「ほんとに本気なのね」

「なんなら賭けたっていい」腕組みして、デスクの端にもたれる。「きみの兄さんは頭がおかしいのか?」

グレッチェンは、一瞬、言葉につまったようだった。

「そうね——たしかにそのとおりよ、ある意味では。収集マニア。でも、あの職業の人には、みんなそういうところがある。サイ神秘主義っていうか。あなたの脳造影図には独特の影があって、兄はそれで、すっかり舞い上がっちゃったってわけ」

「きみはどうなんだ?」

「あたしもあんまり利口だったとはいえないわね」

グレッチェンの声はかぼそく、頼りなげだった。

「船に乗ってるあいだ、じっくり考えてみる時間が四日もあった。あなたがいなくなってるのに気づいて、すぐにあとを追ったのよ。あたし――あなたがほんとにあの家にもどってくると思ってたの。希望的観測だけど……ほんとにすてきで、居心地のいい家だったのに」

とつぜん、怒り狂ったように叫び声をあげる。

「この能なしのごくつぶし！」

アレンは腕時計に目をやった。もうあと十分もすれば、ハリー・プライアーがやってくる。たぶんいまごろは、スライバーをエージェンシーの屋上発着場でバックさせているだろう。

「あたしをどうするつもり？」とグレッチェンがいった。

「車に押しこんで、どこかに捨ててくる」

ゲイツの力を借りられるだろうか。北海道なら、グレッチェンを足止めしておくことも可能かもしれない。しかし、それでは、まるで連中のやり口だ。

「ぼくに対して、ちょっと不公平だとは思わなかったのか？」とアレンはいった。「助けを求めてリゾートの門をたたいたんだぞ。こっちは誠意をつくしていたのに」

床を見つめたまま、グレッチェンがいった。

「兄の責任よ。あたしだって、そのときになるまで知らなかった。帰るといってドアのほうへ歩きだしたと思ったら、つぎの瞬間、あなたは床にのびていた。兄が麻酔ペレットを射《う》ったのよ。だれかべつの人間が、あなたをアザーワールドに連れだす手配をした。カタレプシー状態のまま、貨物船で運ばれる手筈《てはず》だったの。あたし――あなたが途中で死んじゃうんじゃないかと心配だった。リスクが大きすぎたわ。だから、あたしが同行することにした」

グレッチェンは顔を上げた。

「そうしたかったの。たしかにひどい話だけど、どのみちそうなる運命だったのよ」

敵意が多少やわらいだ。おそらく、グレッチェンのいうとおりだろう。

「きみは楽天家だな」と口の中でつぶやく。「この一件は、なにからなにまで巧妙に仕組まれていた。とくに、あの家が溶けて消えてしまうところなんかね。ぼくの脳の影っていうのは？」

「造影図が送られてきてから、兄はずっとそれにかかりきりで頭を悩ましていた。その正体はとうとうつきとめられなくて、ディクスンのほうも事情はおなじだった。なんらかのサイ能力ね。予知能力だと、兄は考えてる。あなたが銅像にいたずらしたのは、自分自身が軍団の手にかかって殺されることを防ぐため。兄の考えでは、軍団は高い地位に昇りすぎた人物を殺してまわってる」

「きみも同意見？」

「いいえ。だってあたしは、あの影がなんなのか知ってるもの。あなたの心には、ほかのどんな人間の心にもないものがある。でもそれは、予知能力じゃない」

「なんだい？」

「あなたにはユーモアのセンスがある」

オフィスは静まりかえっていた。アレンは思いにふけり、グレッチェンはスカートのしわをなでつけている。

「かもしれないな」

と、ようやくアレンは口をひらいた。

「そして、ユーモアのセンスは、モレクとは相容《あいい》れないの。いえ、それとも、あたしたちとは相容れないというべきかな。あなたは〝ミュータント〟じゃない。ただ、バランスのとれた人間ってだけ」

グレッチェンの言葉に、力がこもってきた。

「あのいたずら、あなたがやったことぜんぶ……あなたはただ、バランスを欠いた世界にバランスをとりもどそうとしてるだけなのよ。そしてその事実を、あなたは自分自身に対してさえ認めることができずにいる。意識の表面では、あなたはモレクを信じている。深層には、例の影、いかんともしがたい核があって、げらげら笑いながらいたずらをする」

「子どもじみてる」

「ぜんぜん」

「ありがとう」

アレンはグレッチェンに笑みを向けた。

「ほんとにどうしようもない大混乱ね」

ハンドバッグからハンカチをとりだして、グレッチェンは目もとをぬぐい、それからコートのポケットにまるめたハンカチをつっこんだ。

「あなたはこの地位、テレメディア局長の座を手中にした。道徳社会における高い地位をね。公共の倫理の番人。あなたが倫理をつくるのよ。まったくなんて歪んだ、ごちゃごちゃの状況なのかしら」

「でも、この仕事がしたいんだ」

「ええ、あなたは高い倫理感を持ってるものね。でもそれは、この社会の倫理じゃない。ブロック集会は――あなたにとって唾棄《だき》すべき対象でしかない。顔のない告発者たち。せんさく好きのジュブナイル。貸借権を獲得するためのばかげた闘い。不安。緊張とストレス――マイロン・メイヴィスがその証拠ね。罪悪感と疑惑の気配。なにもかも――腐りきってる。汚染されることへの恐怖。猥褻《わいせつ》な行為をはたらくことへの恐怖。こうした構造すべてが、巨大な拷問室みたいなもの。だれもかれもがおたがいを監視して、あらをさがし、他人をひきずりおろそうとしている。魔女狩りと星室庁。恐怖と検閲。焚書《ふんしょ》を実施したミスター・ブルーノーズ。悪を耳にすることから遠ざけられる子どもたち。モレクは病《や》んだ心が生み出したもの。そしてそのモレクが、さらに多くの病んだ心を生み出す」

「わかったよ」アレンはうなずいた。「しかし、ぼくは日光浴する女の子たちをながめて過ごすつもりはないね。休暇を楽しむセールスマンじゃないんだから」

「あなたにとって、リゾートはそれだけのもの？」

「アザーワールドは、それだけのものだったよ。そしてリゾートは、そこにいる人間たちを処理するマシンだ」

「リゾートの役目はそれだけじゃないわ。リゾートは人々に、逃避することのできる場所を提供する。怒りと不安に押しつぶされそうになると――」グレッチェンは身振りをした。

「人は一線を越える」

「そうすれば、店の窓ガラスをたたき割ることもない。銅像にいたずらすることもない。でも、ぼくなら銅像にいたずらするほうを選ぶね」

「あなたも一度はあたしたちの門をたたいた」

「ぼくの見るかぎりでは、リゾートはシステムの一部として機能している。モレクが半分で、きみたちがもう半分。コインの両面だよ。モレクは仕事ばかりで、きみたちはバドミントンとチェッカーばかり。そのふたつが合わさって、ひとつの社会を構成する。モレクとリゾートは、たがいに支えあっている。ぼくは、その両方に所属することはできない。どちらか片方を選べといわれたら、ぼくはここのほうがいい」

「なぜ？」

「すくなくともここでは、なにかがなされている。人間が働いてる。で、きみたちは、この人間に、外に出て、釣りに行けという」

「じゃあ、いっしょにもどる気はないのね」グレッチェンは冷静な口調でいった。

「その気があると、ほんとに思ってたわけじゃないけど」

「なら、どうしてここにやってきたんだ？」

「説明するため。あのばかげた事態がどんなふうにして起きたか、あたしがどんな役割をはたしたか、これであなたにも、わかったでしょ。あたしが関わったわけも。それに、あなた自身のことも理解できたはず。あなた自身の感情に気づいてほしかったの……モレクに対して抱いている敵意に。あなたは統合の方向に向かっている。でも、助けになりたかった。ひょっとしたらそれで、あたしたちがしたことに対する埋め合わせがつくかもしれない。あなたはたしかに、あたしたちのもとへ、助けを求めにきた。ごめんなさい」

「謝罪するというのは名案だな」とアレンはいった。「正しい方向への第一歩だ」

グレッチェンは立ち上がり、ドアのノブに手をかけた。

「これが第二歩よ。さようなら」

「まあ、すわれよ」

椅子のほうへ押しもどしたが、グレッチェンはその手を振りはらった。

「こんどはなんだ？　また演説か？」

「いいえ」グレッチェンはまっすぐ彼の目を見た。「もうあきらめたわ。これ以上、迷惑はかけない。だから、心配性のちいさくてかわいい奥さんのもとにもどるといいわ。そこがあなたの居場所なんだから」

「女房はきみより若いよ。背が低いだけじゃなくてね」

「まあすてき」

グレッチェンは軽い口調でいった。

「でも――奥さんはあなたのことを理解してる？　あなたの中には核がある。そのせいであなたは他人とちがう存在になり、システムからはみだしている。奥さんはその核のことを理解してる？　それを、心の奥底から、当然そうあるべき場所へとひっぱりだすための力になってくれる？　それがだいじなのよ、なによりもだいじなことなの。いまの英雄的な地位、この新しい仕事でさえ、じっさいには――」

「いまもまだ福祉ワーカーであることにかわりはないさ」

心の半分はうわの空で、ハリー・プライアーがまだ来ないかと、外を見張っていた。

「あたしがいったことは信じてるんでしょ？　あなたについて、あなたの中にあるものについて、あたしがいったことは？」

「オーケイ」とアレンはいった。「きみの話は真に受けてるよ」

「ほんとうのことなのよ。あたし——あなたのことがほんとに心配なの、アレン。あなた、ダナの父親によく似てる。システムに対してはあいまいな態度をとりつづけて、出ていったかと思えばまたもどってくる。おなじ疑惑と不信。いま、あの人はここにもどってきて、ずっと腰をおちつけてる。彼にはさよならをいった。あなたにも、さよならをいうわ——おんなじように」

「最後にひとつだけ、のちの記録のためにきいておきたいことがある。正直な話、ぼくがあの請求書の金を払うと思ってるのかい？」

「たしかにばかげた話よね。会計処理はルーティンになってるの。例の一件は、〝実施済みのサービス〟と分類されてたから、だれも気がつかなかったってわけ。請求は無効にしておくわ」

グレッチェンは、急にはにかむような顔になった。

「ひとつおねがいがあるの。笑われるかもしれないんだけど」

「まず聞かせてもらおう」

「さよならのキスをしてくれないかしら」

「そんなことは考えてもみなかったな」アレンは動こうとしなかった。

　グレッチェンは手袋をはずし、それをハンドバッグの横に置くと、細い指先をアレンの頬にあてた。

「モリーなんて人物は実在しないんだろ？　きみがでっちあげたんだ」

　グレッチェンはアレンのうなじに爪をたて、自分のほうへ顔を引き寄せた。キスされたときに嗅《か》いだ彼女の息は、ほんのりと甘く、ペパーミントの香りがした。唇は、しっとりした感触。

「あなたって、ほんとに上手ね」そういって、グレッチェンは顔を背けた。

　そして、悲鳴をあげた。

　オフィスの床に、ハサミムシのかたちをした金属製の生きものがいた。高くつきだした感覚器官の茎《くき》がブーンとうなっている。そのジュブナイルはこそこそと近づいてきたかと思うと、つぎの瞬間、さっと後退しはじめた。

　とっさにデスクの上のペーパーウェイトをつかむと、ジュブナイルめがけて投げつけた。ねらいははずれて、ジュブナイルは後退しつづけている。侵入してきたのとおなじルート、窓から脱出するつもりなのだ。壁をよじのぼりはじめたジュブナイルめがけて、アレンは思いきり蹴りを見舞った。ジュブナイルは床に転落し、どこか故障したらしく、半円形を描いて這いずっている。手近のタイプライターを持ち上げて、不具になったジュブナイルの上にたたきつける。それから、記録テープをさがしはじめた。

　まだ見つけられないでいるうちに、オフィスのドアがバタンと開き、第二のジュブナイルが突進してきた。そのうしろからフレッド・ラディーがつづく。バシャバシャとフラッシュをたいて、写真を撮りまくっている。それといっしょに、ブレイク-モフェット社の技術者たちもやってきた。ケーブルやイアフォン、レンズ、マイク、バッテリーをうしろにしたがえている。ブレイク-モフェット軍団のうしろは、T-M局員たちの一団。怒号や質問がとびかっている。

「不法侵入で訴えたきゃ訴えるがいい！」ラディーがそう叫び、マイクのケーブルに蹴《け》つまずいた。「だれか、あのぶっこわされたジュブナイルのテープを――」

　ふたりの技術者がグレッチェンの前を一足飛びにとんで、破壊されたジュブナイルの残骸をあらためた。

「見たとこ無傷だぜ、フレッド」

　ラディーが写真を撮っているあいだにも、テープ・トランスポートが回転し、あとからきたジュブナイルが勝ち誇ったようにうなりながら、すべてを記録している。オフィスは人間と機械でごった返していた。グレッチェンは部屋のすみに茫然《ぼうぜん》とつっ立っている。どこか遠くで、侵入者警戒用のアラームが鳴っている。

「ロックはぶちぬいてやったのさ！」

　カメラを手に突進してきたラディーが、アレンに向かっていい放つ。

「耳の穴かっぽじってよく聞けよ。あんたがこわしたあのジュブは、おれたちが窓から送りこんだんだ。地上六階まで——あの手の機械は壁を這い登れるんだぜ！」

「逃げろ」

グレッチェンの前をふさいでいる人間たちを押しのけながら、アレンはいった。

「下に降りて、このビルを出るんだ」

ショック状態から醒《さ》めたグレッチェンは、あけっぱなしのドアのほうに歩きだした。ラディーがそれに気づき、しまったと叫ぶ。部下の手にカメラを押しつけると、グレッチェンのあとを追って走りだした。ラディーがグレッチェンの腕をひっつかんだ瞬間、アレンは背後から肩をつかんでふりむかせると、そのあごにパンチをたたきこんだ。ラディーは床にくずおれ、グレッチェンは絶望にすすり泣きながら、廊下に姿を消した。

「やれやれ、まったく」

ブレイク゠モフェット社員のひとりがげらげら笑いながら、ラディーを助け起こし、

「写真なら撮りましたよ」

いままではジュブナイルが三台。後続部隊がさらにこちらへ向かってくる。アレンはエアコンの上に腰をおろして、ふうっと息をついた。オフィスじゅうで大騒動がつづいている。ブレイク゠モフェットの人間はいまだに写真を撮りつづけ、T゠Mの人間はなんとか秩序を回復しようとやっきになっている。

「ミスター・パーセル」

秘書のひとり——おそらく、これがヴィヴィアンだろう——が耳もとで叫んだ。

「どうしましょう？　警察を呼びますか？」

「こいつらを放りだせ」アレンはむっつりといった。「ほかの部署から人を呼んで、この連中をひとり残らず追い出すんだ。不法侵入だからね」

「はい、承知しました」

秘書はそういって、足早に出ていった。

同僚のふたりに肩をかつがれて、ラディーが近寄ってきた。性懲《しょうこ》りもなくカメラを握りしめ、片手であごをさすっている。

「最初のテープは無傷だった。あんたとあの女が抱き合ってる場面——そっくり記録されてるぞ。それに、ほかの場面もな。あんたはあのジュブをぶっこわし、おれをぶん殴り、女を逃がした。ドアをロックし、インターカムの線を引き抜いたところも——すべてこっちの手にある」

大混乱のただなかから、ハリー・プライアーが姿をあらわした。

「いったいなにごとだい、アレン？」

ラディーとジュブナイルに目をとめて、

「そんな、まさか」とつぶやく。「うそだろ、おい」

「あんたの運もこれまでだな」ラディーがアレンに向かっていう。「あんたは――」

といいかけたところで、近寄ってきたプライアーに押しのけられた。

「どうやら、おれの到着は遅すぎたらしいね」とプライアーがいった。

「どうやってここまで来たんだ？」とアレン。「逆立ちして歩いてきたのか？」

混沌がいくぶんかおさまりはじめている。ブレイク‐モフェット社の人間と機械は、実力で排除されつつある。しかし、彼ら全員が笑みを浮かべていた。一方、アレンの部下たちは、むっつりした顔であちこちにちいさな輪をつくり、こちらにちらっと目を向けては、なにごとかささやきあっている。T‐Mの営繕《えいぜん》担当者が、オフィスのドアの、錠前があった場所を調べていた。錠前そのものは、ブレイク‐モフェットが持ち帰っていた。おそらく、勝利のトロフィーのつもりなのだろう。

「不法侵入か」とプライアーがつぶやく。「ラディーのやつにそこまでやる肝っ玉があるとは思わなかった」

「ブレイクのアイデアだよ」とアレン。「それに、ラディーの復讐心。これでひとまわりしたわけだ。ぼくがラディーをたたきのめし、こんどはあいつがこっちをたたきのめした」

「あいつらは――あいつらは目当てのものを手に入れた、と？」

「ドラム缶何杯分もね。ぼくは究極の罪を犯した。ジュブナイルをぶっこわしたんだ」

「あの女は何者なんです？」

アレンは渋面《じゅうめん》をつくった。

「ただの友だち。田舎から遊びにきた姪。じつの娘だよ。なんでそんなことをきく？」

18

その夜遅く、アレンはジャネットといっしょに暗いアパートメントにすわって、壁ごしに伝わってくるとなり近所の物音に耳をかたむけていた。低い話し声、かすかな音楽、皿や鍋のかちゃかちゃぶつかる音、正体のはっきりしないいくぐもった物音。

「散歩にでも行くかい？」とアレンはたずねた。

「いいえ」

となりで、ジャネットがわずかに身じろぎした。

「ベッドにはいる？」

「いいえ。こうしてすわってるだけでいいの」

やがて、アレンが口をひらいた。

「バスルームに行く途中で、ミセス・バーミンガムにばったり会ったよ。連中、ゲッタバウトの列をしたてて、報告書を送りとどけてきた。警備員が六人。いま、ミセス・バーミンガムはそれをそっくり、どこかに隠してある。たぶん、使い古しの靴下の中だな」

「あなた、ブロック集会に出るつもり？」

「そうなるよ。そして、手持ちの材料のありったけをかきあつめて戦うことになる」

「多少は役に立つ？」

アレンはちょっと考えて、

「いや」

「じゃあ、わたしたちもおしまいね」

「貸借権は失うことになるよ、きみがいってるのがそういう意味ならね。でも、ミセス・バーミンガムがやれるのはそこまで。ぼくらがここを出た瞬間に、ミセス・バーミンガムの権力はおよばなくなる」

「そこまではあきらめてるわけね」

「いまから覚悟しとくほうがましだよ」

煙草をさがしたが、見つからず、アレンはあきらめた。

「きみはあきらめきれないかい？」

「ここの貸借権のために、あなたの家族は何十年も働いてきたんでしょ。お母さまは、サットン・エージェンシーが吸収合併されるまで、ずっとあそこで働きつづけてたんだし、お父さまはT‐Mの美術部に勤めていた」

「みんなの総力で勝ちとった地位。教えてもらわなくてもわかってるよ。しかし、ぼくはまだテレメディアの局長だ。うまくすれば、スー・フロストにねじこんで、新しい貸借権を都合してもらえるかもしれない。規則からすれば、ぼくにはその資格がある。本来なら、マイロン・メイヴィスのアパートメントに住んでいてしかるべきなんだ。勤務先まで歩いて通える場所にね」

「いまでも貸借権をくれると思う？　きょうのことがあったあとで？」

スー・フロストの顔に浮かぶ表情を想像してみる。その声の響きを。あれからあと、きょう一日T‐Mのオフィスにいて、ミセス・フロストからの電話を待っていたが、けっきょく連絡はなかった。上からは、ひとこともない。権力は沈黙を守っている。

「失望するだろうな」とアレンはいった。「スーは、実の母親にしか抱けない種類の期待を、ぼくに対して持ってるみたいだからね」

一世代一世代、はしごを登ってきた。老いた女たちのたくらみ。子どもたちにもう一段はしごを登らせようとする、親たちの秘めた野望と努力。疲労、汗、死。

「当然、スーにはブレイク‐モフェットがなにもかも伝えてあるはずだよ。ゆうべ、彼女のアパートメントでなにがあったかを話しておく潮時だろうな」

アレンは会談のいきさつをかいつまんで話した。ジャネットはなにも感想をのべなかった。アパートメントの中は暗く、表情は見分けられない。ジャネットは絶望感を克服したのだろうか。それともこれから、原始的な感情の嵐に見舞われることになるのだろうか。

だが、とうとうしびれを切らして肩をつつくと、ジャネットはぽつりとこういっただけだった。

「そんなことじゃないかと思った」

「いったいどうして？」

「そんな感じがしただけ。たぶんわたし、透視能力者なのよ」

ドクター・マルパルトのサイ能力テストのことは、ジャネットにも話してあった。

「で、おなじ女の子なの？」

「ぼくをヘルス・リゾートに連れていった女の子。ぼくの誘拐に手を貸した女の子。ぼくの顔に胸を押しつけて、子どもの父親はあなたよといった女の子。とてもきれいな黒髪の娘で、大きくてすてきな家に住んでる。でも、ぼくはもどってきた。そこのところはだれも気にしてないみたいだけど」

「わたしは気にしてるわ。こんどのスキャンダルにも、彼女が関係してると思う？」

「それはぼくも考えたよ。でも、ちがうね。こんどの一件じゃ、彼女にはなんの利益もない。得するのはブレイク－モフェットだけだし、リゾートはブレイク－モフェットの下部組織ってわけじゃない。グレッチェンはただ、向こう見ずで無責任で、理想主義的な使命感に満ち満ちてるというだけさ。幼い恋愛感情ってやつだな。それに、理想主義的な使命感。医者の兄貴のほうもおんなじ。患者の利益に対する理想主義者だ」

「なんていうか、ほんとにばかばかしい話ね」

と、ジャネットが文句をいった。

「彼女はオフィスにたずねてきただけだし、あなたは、帰りぎわにキスをしただけ。それなのにあなたは、完全に破滅」

「キーワードは〝恥ずべき行為〟だよ。水曜の午前九時ごろには、またもやその言葉が持ち出されることになる。ミスター・ウェールズもこんどばかりは弁護のしようがないだろう。相当にやりがいのある目的を与えてやったことになるな」

だが、ほんとうに重要なのは、ブロック集会ではない。問題は、スー・フロストがいったいどう出るかだ。それについては、まるで予測がつかない。しかも、数日先まで、なんの反応も見せない可能性もある。けっきょく、ミセス・フロストはアイダ・ピース・ホイトと相談しなければならない。絶対的な最終結論のお墨付きをもらう必要があるのだから。

「アイスクリーム一クォート買って帰るとかなんとか、いってなかったっけ？」

と、ジャネットが力ない声でたずねた。

「ばかばかしく思えるね」とアレンはいった。「いろんなことを考えあわせると」

19

水曜の朝、居住ユニット一階の集会室は、あふれんばかりの混雑だった。女房族を中心に噂が口コミで伝わり、いまでは全員が知っている。いがらっぽい煙が雲をつくり、空調システムはまったく効果をあげていない。いちばん奥の演台には、理事たちの席があり、すでに全員が着席していた。

アイロンをかけたばかりのぱりっとしたワンピースに身を包んだジャネットが、アレンよりちょっとはやく集会室にはいった。あいているテーブルにまっすぐ歩いてゆき、マイクの前に腰をおろす。そのテーブルは、暗黙の了解で空席になっていたものだ。ほんとうの危機が訪れたとき、妻は夫を救うために立ち上がることを期待されている。妻からその権利を奪うことは、モレクへの挑戦を意味する。

前回の集会では、あけておかれたテーブルはなかった。前回は、〝ほんとうの危機〟など存在しなかったからだ。

「こんどは深刻だよ」

妻のうしろに腰をおろしながら、アレンはいった。

「それに、長くなる。悪意に満ちたものになる。そして、ぼくは負けることになる。だから、あんまり深入りするな。助けようとしなくていい、ぼくを救うのは不可能なんだから。ゆうべ話し合ったとおりだよ」

ジャネットは茫然《ぼうぜん》とうなずくだけ。

「連中がよってたかって石をぶつけはじめても」

と、ハミングするような低い声でつづける。

「立ち上がって自分で攻撃を引き受けようなんてするんじゃないぞ。筋書きは決まってるんだし、みんな、爆発の瞬間をいまや遅しと待ちかまえている。たとえば、われらがミスター・ウェールズはどこにいる？」

アレン・パーセルに忠誠を誓ったその人物は、まだ姿を見せていない。だが、すでにドアは閉ざされはじめていた。彼が出席することはない。

「たぶん、やつらは彼の貸借権に遺漏《いろう》を発見したんだよ」

いま、ミセス・バーミンガムが立ち上がり、議事進行表を受けとった。

「それとも、新ニューヨークからオリオンにまで広がる娼館チェーンのオーナーだって事実が判明したか」

ジャネットはあいかわらず、まっすぐ前を見つめたまま、身じろぎひとつしない。これほど硬直した姿勢のジャネットを見るのははじめてだった。まるで、自分のまわりに外骨格をはりめぐらしているようだ。外からも中からも、なにひとつ通過することのできない鎧《よろい》。乾坤一擲《けんこんいってき》の大勝負のために、力をたくわえているんだろうか。おそらく、ご婦人がたが判決を読み上げる瞬間に、ここいちばんの勝負をかけているのだろう。

「ここはほこりっぽいな」

と、アレンはいった。ざわめきがしだいにおさまり、集会室を沈黙が支配する。二、三人、ちらっとこちらに目を向けたが、すぐに顔をそむけた。いまやアレンが坂を転がり落ちはじめている以上、かかわりあいになるのは愚《ぐ》の骨頂《こっちょう》というわけだ。

部屋のつきあたりでは、ジュブナイルたちがテープの引き渡しをおこなっている。記録テープの数はぜんぶで七本。そのうち六本がおれのためのものだろう、と推測する。残り一本は、ほかのだれかのもの。

「われわれはまず、ミスターA・Pの事件を審議します」

と、ミセス・バーミンガムが宣言した。

「いいだろう」

と、アレンはいった。また、いくつかの顔がこちらをふりかえり、さっと目をそらす。押し殺したささやき声が天井に向かって上昇し、煙とまじりあう。

アレンは皮肉な感興を覚えていた。いかめしい正義面《づら》の列……まるで教会みたいじゃないか。ここにおわしますは、敬虔《けいけん》なミサのために集まった、善男善女の会衆のみなさまがた。

両手をポケットにつっこんだまま、大股に歩いて、被告席に着席した。うしろのほうに、能面のような顔でテーブルについているジャネットが見える。木彫りのステッキのようにかたく硬直したその姿は、微動だにしない。アレンはそちらに向かってうなずきかけ、そして集会がはじまった。

「ミスターA・Pは」

と、ミセス・バーミンガムがもったいぶった耳ざわりな声で切りだした。

「二一一四年十月二十二日午後の勤務時間中、みずからの職場で、故意かつ自発的に、ある若い女性と恥ずべき行為におよびました。さらに、ミスターA・Pは、その発覚を逃れるため、故意かつ自発的に、公認の監視機器を破壊し、さらにまた、発覚を逃れるために、あるモレク市民の顔面を殴打《おうだ》し、個人財産に損傷を与え、あらゆる可能な手段を使ってみずからの行為を隠蔽《いんぺい》しようとしました」

声がウォーミングアップをはじめ、カチカチという一連の雑音がラウドスピーカーから響く。各テーブルをつなぐ音声ネットワークが機能している。スピーカーがブーンとうなり、それから声を発した。

「定義を。特定してください。恥ずべき行為とは」

　ミセス・バーミンガムが眼鏡をなおしてから、朗読をつづけた。

「ミスターＡ・Ｐは、問題の若い女性――法律上の配偶者ではありません――を委員会テレメディア・トラストの自室に招き入れ、彼女とふたりきりになるとドアをロックして、その行為が発覚することを予防するための措置をとりました。そして、発覚したとき、ミスターＡ・Ｐは、その若い女性の肩および顔を性的に愛撫し抱擁し、かつみずからの身体を彼女のそれと接触する位置に置いていました」

「そのミスターＡ・Ｐというのは、先々週、われわれの前に立っていたのとおなじ人物ですか？」と声がたずねた。

「そのとおりです」

　と、ミセス・バーミンガムが渋るようすもなく答える。

「そしてその人物は、先週の集会を欠席していた？」

　それから、おなじ声がきっぱりといった。

「ミスターＡ・Ｐは、先週の欠席について裁かれているわけではない。先週、集会に出席していなかったことは、きょうの集会ですでに処理されている」

　参加者のあいだの空気は、すでにいくつかに分かれていた。いつもと同様、出席者の多くは、罪のない好奇心を抱いている。ある者は退屈し、べつだんなんの興味も感じていな

少数だった。

い。少数が、尋常ならざる関心を示している。警戒すべきは、最後のカテゴリーに属する
「ミスターA・P」と、声が質問する。「あなたがその若い女性と会ったのは、そのとき
がはじめてですか?」

「いいえ」とアレンはいった。「前にも会ったことがあります」
この質問が一種の罠だということは、長年の経験でわかっていた。もしイエスと答えたら、つまり、はじめて会った女だといったら、不特定多数の異性との交際という罪について攻撃されることになる。性的不品行は、それが特定のパートナーひとりとのあいだになされたものである場合には、むしろ理解を得やすい。ミスJ・Eの例でそのことははっきりしているし、アレンとしてはおなじ戦略を使うつもりだった。

「何度も?」とまったく表情を欠いた声がたずねる。

「過剰というほどでは。いい友人でした。いまもそうです。ミスG・Mのことはよく考えますし、人間として尊敬しています。それは、わたしの妻も同様です」

「奥さんは彼女のこと知っている、と?」と声がたずね、その質問に自分で答えた。「いまそういったじゃないか」

「ひとつはっきりさせておきたいのですが」とアレンはいった。「ミスG・Mは責任ある女性ですし、彼女の道徳的節度に対して、わたしは絶対的信頼を寄せています。でなけれ

ば、彼女をオフィスに招くようなことはしなかったでしょう」

アレンの職業は事実上、周知のことがらだったから、アレンはそれを利用してもう一押ししておくことにした。

「テレメディア局長という社会的地位の関係上、友人の選択には細心の注意を払うことが要求されます。したがって――」

「局長に就任したのはいつ？」

アレンは口ごもった。

「……月曜が最初の出勤日でした」

「で、その日に、問題の若い女性がやってきたわけだ」

「その日一日、いろんな人がひっきりなしに出入りしていました。〝花〟束が届けられて。新任祝いの慣例はみなさんごぞんじでしょう。お祝いをいう人々がおおぜい押し寄せていたんです。ミスG・Mもそのひとりでした。幸運を祈りに立ち寄ってくれたのです」

「とてつもない幸運をね」

と、声がいい、何人かが意味ありげな笑い声を洩らした。

「ドアをロックしたんだろ？　そして、インターカムの線を引き抜いた。自分たちふたりをできるだけはやくピックアップしてもらうために、電話でゲッタバウトを呼んだ」

アレンの知るかぎり、この情報は公式の記録には記載されていないはずだ。アレンはおちつかない気分になった。

「ドアをロックしたのは、朝からオフィスにとびこんでくる人間がひきもきらなかったせいです。神経が高ぶって、いらついた気分になっていました。正直いって、テレメディア局長という仕事に、多少の重圧を感じていたのだと思います。だれにも会いたくない気分でした。インターカムについては――」

アレンはろくに意識することもなく、ぬけぬけとうそをついた。現状では、ほかに選択の余地はない。

「新しいオフィスに不慣れだったせいで、うっかり線につまずいてしまったのです。そのせいで断線してしまったようです。会社勤めをしている人ならだれでも、しょっちゅうそういうことがあるのをごぞんじでしょう――とくに、オフィスが変わった最初の日には」

「たしかに」と声がいう。

「ミスG・Mがオフィスにいたのは」とアレンは話をつづけた。「およそ十分間です。監視機器がやってきたとき、わたしはさよならのあいさつをしているところでした。帰りぎわに、お祝いのしるしとして、別れのキスをしてほしいと彼女はいいました。わたしがノーというひまもなく、ミスG・Mはわたしにキスしました。それがことの真相であり、監視機器が記録した事実です」

「あなたは監視機器を破壊しようとした」

「ミスG・Mは悲鳴をあげました。不意をつかれてびっくりしたのです。監視機器は窓から侵入し、わたしたちはふたりとも、まったくそれに気づいていませんでした。正直なところ、わたしたちはそれが、なにか危害を加えようとする存在だと思ったのです。その瞬間に、それがなんだと思ったのか、自分でもはっきりと覚えていません。わたしはミスG・Mの悲鳴を聞き、ぼんやりした影が動くのを見ました。反射的に蹴りつけたところ、爪先が命中したというわけです」

「あんたがぶん殴った男は？」

「ミスG・Mの悲鳴と同時にドアがこじあけられ、興奮した人間たちがおおぜいとびこんできました。しばらくのあいだは、報告されているとおり、まったくの混乱状態でした。ひとりの男が走っていってミスG・Mにつかみかかろうとしました。わたしは、だれかがミスG・Mに危害を加えようとしているのだと思いました。彼女を守る以外、選択の余地はありませんでした。ひとりのジェントルマンとして、それが当然の義務でしたから」

「記録の裏付けは？」と声がたずねた。

ミセス・バーミンガムが書類に目を落とした。

「殴打された人物は、問題の若い女性を肉体的に把握しようとしました」ページをめくって、「しかしながら、それに先立ち、ミスターA・Pはこの女性に、その場から脱出するよう指示を与えたと述べられています」

「当然のことではないでしょうか」とアレンはいった。「彼女の身に危害がおよぶことをおそれたわたしは、彼女が安全に脱出してくれるよう望んだのです。そのときの状況を考慮していただきたいと思います。ミスG・Mはお祝いをいうためにオフィスを訪れてくれたのに――」

「そのミスG・Mは」と声がさえぎった。「あんたが恒星間宇宙船で四日間、昼夜をともにしたのとおなじ人物なのか？　正体を隠すために偽名を使って乗船したのとおなじミスG・Mなのか？　あんたが多数の場所で、何度も姦通《かんつう》をおこなったのとおなじミスG・Mなのか？　その事実はすべて、あんたの奥さんには隠されていて、現実には奥さんは一度も彼女に会ったことがなく、妻が夫の愛人に対して抱くふつうの感情以外、どんな感情も持っていないというのが真相なんじゃないのか？」

喧々囂々《けんけんごうごう》の大騒ぎが、部屋全体を支配する。

アレンは騒音が静まるのを待った。

「わたしはいまだかつて一度も、どんな相手とも、姦通をおこなったことはありません。ミスG・Mとの関係はなんらロマンティックなものではなく、わたしはいまだかつて一度も――」

「あんたは彼女の体を愛撫した。彼女にキスした。そういうのをロマンティックな関係というんじゃないのか？」

「だれだろうと、新しい仕事の第一日めのオフィスで、性的活動におよぶ能力がある人間がいたとすれば、なみはずれた人物というしかないでしょうね」

わかったような笑い声。そして、まばらな拍手。

「そのミスG・Mは美人ですか？」

これは、どう考えても、女房族のだれかからの質問だろう。さくらの質問者、あらかじめ、プラスアルファの情報を与えられていた人物は、一時的に口をつぐんでいる。

「だと思います」とアレンはいった。「あらためて考えてみると、そう、彼女は魅力的な女性でした。それに同意する男性はいるでしょう」

「はじめて会ったのはいつ？」

「ええっと、だいたい――」

そこで口をつぐんだ。もうちょっとでドジを踏むところだった。二週間と答えるわけにはいかない。たった二週間の友情で、抱擁とキスの関係が生まれることはありえない――すくなくとも、モレク社会では。

「ちょっと思い出してみないと」

と、何十年にもわたる友情の起源をたどるような口調をよそおった。

「そうですね、はじめて会ったとき、ぼくが勤めていたのは……」

語尾をにごして時間を置いた。やがて、質問者が先にしびれをきらし、べつの質問に移った。

「どんなふうにして出会ったんです？」

　心の奥底で、アレンは敵が包囲網をせばめてくるのを感じていた。答えることのできない質問、逃げ道のない質問がたくさんある。これもそのひとつ。

「覚えていません」そういいながら、足元の床にぽっかりと穴が口をあけるのを見た。

「共通の友人を通じて知り合ったんでしょう、たぶん」

「どうして彼女といっしょに四日間の旅行を？」

「旅行に行ったことを証明してください」すくなくともこの質問には逃げ道がある。「報告書に書かれているんですか？」

　ミセス・バーミンガムが書類をめくり、ノーというかわりに首を振った。

「ミスターA・P」と声がいった。「ひとつおたずねしたいことがあります」

　これが例の告発者なのかどうか、判別がつかなかった。そうだと考えるほうが安全だ。

「二週間前、あなたは酔っ払って帰宅した。その女性といっしょだったのですか？」

「いいえ」とアレンは答えた。これはうそではない。

「たしかですか？　あなたはオフィスでひとりきりだった。それからスライバーで北海道に行き、数時間後に帰宅したときには、明らかに――」

「その時点では、彼女のことなんか知りもしなかったよ」

反射的にそう答えた瞬間、自分が致命的なミスをおかしたことをさとった。だがしかし、いまとなってはあとの祭りだ。

「はじめて出会ってから、二週間もたってないと？」

「それ以前にも顔を会わせてはいました」敗北感にふるえる、かぼそい声で答える。「でも、よくは知らなかった」

「過去二週間のあいだに、あなたと彼女のあいだでなにがあったんです？　そのあいだにふたりの関係が深まったんですか？」

アレンは必死に頭をしぼり、突破口をさがした。なんと答えようと、いまの状況が絶望的であることはおおいがたい。しかし、こういうかたちで幕が引かれることは、最初から決まっていたのだ。

「関係が深まったとは意識してはいません」と、ようやく、半分なげやりな口調でいう。

「その時点でも、ほかのどんな時点でも」

「あなたにとって、妻以外の若い女性との関係は、愛撫や身体の接触を意味する――」

「病んだ心にとっては、どんな関係もよこしまなものに思えるでしょう」

アレンは立ち上がり、集会室を埋めつくした人々を、まっすぐ見下ろした。

「だれと話をしているのか、ご本人の顔を拝見したいものですね。岩陰から出てきて、どんな顔をしているのか見せてください」

アレンの要請にも無頓着《むとんちゃく》に、個性を欠いた声が先をつづける。

「あなたは、その日たまたま知り合った若い女性の体を両手で抱擁する習慣があるのですか？　あなたは自分の地位を利用して――」

「いいか、これだけはいっておく」

みなまでいわさず、アレンは強引に口をはさんだ。

「もし正体を明かしたら、きさまを息ができなくなるまでぶん殴ってやる。こういう顔のない告発にはもううんざりだ。屈折したサディスティックな心が、こういう集会を利用して、薄汚い細部をほじくりまわし、罪もない行為を手垢《てあか》で汚して、どんなあたりまえの人間関係にも汚穢《おわい》と悪とを読みとるんだ。

この壇を降りる前に、ひとつだけ、抽象的な一般論を述べておきたい。この集会のような病的な審問がなければ、世界ははるかに住みやすい場所になるだろう。たった一度のこういう集会のほうが、天地開闢《かいびゃく》以来、男女のあいだでおこなわれてきた交接すべてをあわせたよりも、はるかに大きな害悪をもたらしている」

アレンはふたたび着席した。どこからも、しわぶきひとつ聞こえない。完全な沈黙が、集会室を支配していた。やがて、ミセス・バーミンガムが口をひらいた。

「だれも、これ以上意見がないようでしたら、評議会は結論を下す準備にはいりたいと思います」

個性を欠いた〝正義〟の声からは、なんの反応もなかった。アレンはがっくり肩を落としたまま、けっきょくおれを弁護する声はただのひとこともなかったな、と考えていた。ジャネットはあいかわらず棒を呑んだようにすわっている。あいつも、告発の声に同感なのかもしれない。が、いまのところは、そんなことはどうだってよかった。

ご婦人がたが額《ひたい》を集めて相談する時間は、不必要なまでに長く思えた。結論など最初から決まっているではないか。アレンは服の袖のほつれた糸をいじり、咳払いし、椅子の中でおちつきなく身じろぎした。ようやく、ミセス・バーミンガムが立ち上がった。

「まことに遺憾ながら、ミスターA・Pのブロック近隣者は、ミスターA・Pを望ましからざる貸借人と考えざるをえないとの結論に達しました。これは、きわめて不幸な事態であります。ともうしますのも、ミスターA・Pおよびそのご家族は多年にわたり、当居住ユニットの模範的貸借人だったからです。事実、ミスターA・Pは、氏が現在居住しているアパートメントで誕生しました。

したがって、きわめて心苦しいことではありますが、当評議会は、ミスターA・Pのブロック近隣者を代表し、氏の貸借権を、二一一四年十一月六日をもって無効とすることを宣言し、さらに遺憾ながら、この期日までに、ミスターA・Pおよびその家族、所有物の一切を当居住ユニットより移動せしめることを要請するものであります」

ミセス・バーミンガムは一拍、間を置いてから先をつづけた。

「また、このような状況下では、評議会およびブロック近隣者にこれ以外選択の余地がなく、ミスターA・P個人に対してはその幸運を祈ることにやぶさかでないことを、ミスターA・Pがご理解くださることを望みたいと思います。くわえて評議会は、ミスターA・Pが堅忍不抜《けんにんふばつ》の強靭なる精神の持ち主であることを確信し、氏がこの一時的な困難を克服すると信じていることをもうしそえたいと思います」

アレンは声をあげて笑った。

ミセス・バーミンガムはこちらに謎めいたまなざしを投げ、それから声明文を折りたたむと、一歩うしろに下がった。アレンは壇を降り、満員の集会室を縫うようにして、妻のすわっているテーブルに向かった。

「さあ」とジャネットに声をかける。「さっさと出たほうがましだ」

ふたりがドアを押しあけて外に出るとき、ミセス・バーミンガムがつぎの告発状を朗唱しているのが聞こえた。

「われわれはつぎに、九歳のR・P少年の件を審議したいと思います。R・Pは、二一四年十月二十一日の朝、故意かつ自発的に、当居住ユニット二階共同バスルームの壁に特定の猥褻《わいせつ》な言葉を落書きしました」

「さて、と」

うしろ手にドアをしめると、アレンは妻に向かっていった。

「これでおしまいだな」

ジャネットは無言でうなずいた。

「どんな気分だい？」

「まるで、現実じゃないみたい」

「現実だよ。出ていくまでに二週間の猶予がある。一時的な困難、か」アレンは首を振った。「いい得て妙ってやつだな」

廊下をうろうろしている人影があった。ミスター・ウェールズ。たたんだ新聞を小脇にはさんでいる。アレンとジャネットの姿を目にすると、ためらいがちに近寄ってきた。

「ミスター・パーセル」

アレンは足を止めた。

「こんにちは、ウェールズさん。お目にかかれなくて残念でした」

「中にはいなかったんです」

ウェールズ氏の表情には、もうしわけなさと興奮の両者が同居していた。

「ミスター・パーセル、新しい貸借権が手にはいったんですよ。だから集会に出ていなかったんです。わたしはもう、このユニットの貸借人じゃありません」

「それはそれは」

とアレンはいった。ということは、やつらも彼の貸借権を剥奪《はくだつ》したわけではなかったのだ。その反対に、もっといい貸借権を買い上げて、ウェールズ氏にプレゼントした。おそらくウェールズ氏は、自分の幸運にどんな裏があるか、気づいていないのだろう。けっきょく、ウェールズ氏にもウェールズ氏の問題がある。

「集会はどんなあんばいでした？」とウェールズ氏はたずねた。「パーセルさんがまた壇上に上げられていると聞いたんですが」

「ええ」とアレンはうなずいた。

「深刻な問題で？」

ウェールズ氏の顔に、気づかわしげな表情が浮かぶ。

「それほど深刻ってわけじゃありませんよ」アレンは小男の腕を軽くたたいて、「それに、もう済んだことです」

「ほんとに、もしわたしが中で——」

「なんのちがいもありませんよ。でも、とにかくありがとう」

ふたりは握手をかわした。

「近くまできたら、ぜひうちの新居によってください」とウェールズ氏はいった。「わたしも女房も、大歓迎です。ぜひ」

「ええ、そうしますよ。ご近所に行ったときには」

ジャネットをアパートメントまで送っていったあと、アレンはテレメディアまでの長い道のりをひとりで歩き、新しいオフィスにはいった。部下たちはすっかりおとなしくなっている。アレンに気づいてあいさつすると、すぐにまた仕事にもどる。二時間の不在はブロック集会に出た証拠。彼ら全員、アレンがいままでどこでなにをしていたかを知っている。

オフィスの中で、一日のスケジュールの要約をたしかめた。りんごの木のパケットは、鋭意作業進行中。せめてものなぐさめだ。T－Mの上級局員を何人か呼んで、技術的な問題を話し合い、それから、しばらくひとりきりですわって、煙草をふかし、じっと考えていた。

十一時三十分、ミセス・スー・フロストが、丈《たけ》の長いコートに身を包み、いつもどおりきりりと有能そうな姿で、颯爽《さつそう》とオフィスにはいってきた。

「そんなに時間をとらせるつもりはないの」開口一番、彼女はいった。「お忙しいのは承知してるから」

「ぼんやりすわってるだけですよ」

と、口の中でつぶやいたが、スー・フロストは無視して先をつづけた。

「今晩、あなたと奥さんがおひまかどうか知りたくて。わたしの家で、ささやかなジャグルの集まりがあるの。内輪の何人かだけだけど、おふたりにはぜひ来ていただきたいと思って。メイヴィスが来るし、それにミセス・ホイトも。それとたぶん――」

アレンは途中でさえぎった。

「ぼくの辞表がほしいんですか？　それが目的？」

ミセス・フロストは顔を紅潮させて、

「もし今夜集まれるのなら、ちょうどいい機会だから、今度の件についてすこし話し合って――」

「はっきりしたお返事をいただきたいですね」

「わかったわ」抑制されたかたい声で、フロストはいった。「わたしたちは、あなたに辞表を書いていただきたいと思っています」

「いつ？」

「可及的《かきゆうてき》すみやかに」

「つまり、いま？」

完璧といっていいほどの自制心を発揮して、フロストはいった。

「ええ。もしさしつかえなければ」

「さしつかえがあったら？」

一瞬、とまどいの表情がミセス・フロストの顔をよぎる。

「つまり、ぼくが辞職を拒否したら？」

「その場合は」と、ミセス・フロストはおだやかな視線をこちらに向けて、「解任されることになるわ」

「いつの時点で？」

いまはじめて、ミセス・フロストはたじろぐ気配を見せた。

「ミセス・ホイトの承認が必要です。じっさいには――」

「じっさいには、委員会の満場一致の議決が必要になる。ぼくの貸借権は六日までは有効だし、すくなくともそれを過ぎないと、ぼくをT‐Mから合法的に放りだすことはできない。それまでのあいだ、ぼくはまだ局長だ。用があるなら、このオフィスまでたずねてきてください」

「本気なの？」

緊張にこわばった声で、ミセス・フロストはいった。

「ええ。過去に、こういう事態が生じたことってありますかね？」

「い――いいえ」

「でしょうね」

アレンはデスクから書類をとりあげると、一心に読みはじめた。それまでのあいだにかたづけなければならない仕事は、山ほど残っている。

20

ウェールズ氏は、貸借ゾーン28、ユニットR6の新しいアパートメントを、ひとりきりで検分していた。一生の夢がついにかなった。ゾーンひとつではなく、まるまるふたつ分、オムパロスに近づいたのだ。住宅当局は彼の請願書を審査し、そして彼の人生の、美徳と公共の利益への無条件の献身をそこに読みとってくれた。

部屋の中を歩きながら、ウェールズ氏は壁に床に手を触れ、窓の外をのぞき、クローゼットの中を調べた。両手でレンジをなでまわし、自分が獲得したものにあらためて感嘆する。前の貸借人が残していった教育生産品まである。時計、髭そりワンド、ちいさな金具。

自分のようなとるにたりない人間が認められるとは、とても信じられないことだった。住宅当局のデスクには、請願書が三メートルも積み上げられている。神様がおいでになるにちがいない。やさしさとつましさ、高望みをしないことが、最後には勝利するという証明にちがいない。

腰をおろし、包みを開くと、中から花瓶《かびん》をとりだした。妻へのプレゼントとして手に入れた品。お祝いの贈り物だ。花瓶は緑と青で、照明を反射してまだらに光っている。それをぐるぐるまわしながら、うわぐすりをかけたなめらかな表面に息を吹きかけ、両手でしっかり持って、重さをたしかめた。

それから、ミスター・パーセルのことを考えた。ミスター・パーセルが、毎週のブロック集会で、あわれな犠牲者のために何度となく弁護に立ったときのことは、逐一覚えている。彼が使った表現もすべて、はっきり記憶している。裁きの場で責め立てられる人々に、彼が与えた励ましの言葉をひとつ残らず。

この前のブロック集会で壇上に登ったアレン・パーセルは、いったいどんなありさまだったのだろうか。狂暴な犬どもが、いっせいに襲いかかる。売女《ばいた》たちが、その喉笛に食らいつく。

とつぜん、ウェールズ氏は叫び声をあげた。

「わたしは、彼を裏切ってしまった！　十字架にかけられるあの人を、みすみす見殺しにした！」

苦悩のあまり、体が前後に揺れる。ぱっと立ち上がると、花瓶を壁に投げつけた。花瓶は粉々に砕け、緑と青のかけらと光の斑点がまわりでダンスを踊った。

「わたしはユダだ」

と、ウェールズ氏はひとりごちた。アパートメントを見なくてすむように、両手で目をおおう。ずっとほしくてたまらなかったものを手に入れたいま、そんなものはほしくなくなっていた。

「気が変わった！」と彼は叫んだ。しかし、その声を聞く者はだれもいない。「返すからひきとってくれ！」

部屋はしんと静まりかえっている。

「消えちまえ！」ウェールズ氏は絶叫した。

目をひらく。部屋はまだそこにあった。部屋は返事をしない。消えてしまわない。ウェールズ氏はのろのろと花瓶の破片をかたづけはじめた。ガラスの破片で指先を切ってしまった。それがうれしかった。

21

翌朝、八時きっかりに、アレンはテレメディア・ビルのオフィスに到着した。出勤してきた正規スタッフをつぎつぎにオフィスに呼び入れ、やがて三十三人全員が局長室に顔をそろえた。このビル全体で数百人におよぶ契約従業員は、デスクで自分の仕事をつづけている。アレンは、各部署の長にあたる局員たちに向かって口をひらいた。

「きのう、ぼくの辞職が要請された。月曜の午後、ここで起きた騒動がその原因だ。辞職は拒否したから、ぼくはまだ局長だ——すくなくとも、委員会が招集されて、解任決議が出るまでのあいだは」

　スタッフはこの知らせを冷静に受けとめた。中のひとり、デザイン部の責任者がたずねた。

「いつまで局長の地位にとどまっていられる見込みですか？」

「一週間かそこらだな」とアレンは答えた。「もうちょっと長いかもしれない」

「で、それまでのあいだ仕事をつづけるつもりなんですね？」

「能力がおよぶかぎり、せいいっぱい働くよ。やることはたっぷりあるし、すぐに手をつけるつもりだ。しかし、きみたちには、現在の状況を知る資格がある」

べつのひとり、こざっぱりした服装で眼鏡をかけた女性がいった。

「あなたは合法的な局長なんですよね？　くびになるまで――」

「解任命令が発効するまでは、ぼくが、このトラストの唯一の正当な局長だ。局長の地位が保証するかぎりにおいて、明文化されたものそうでないものを問わず、すべての権力を有する、きみたちのボスだ。当然のことながら、これからぼくが打ち出す方針には、きわめて脆弱《ぜいじゃく》な基盤しかない。おそらく、新任の局長がそのすべてを全面的にキャンセルすることになる」

スタッフたちはひそひそと小声で言葉をかわしている。

「仕事を割り当てるから、その前にじっくり考えてみるべきだと思う。ぼくの命令にしたがい、いっしょに仕事をすることで、きみたちがどんなトラブルをしょいこむことになるかは、ぼくにも予測がつかない。当て推量という意味では、きみたちの考えもぼくの考えも似たようなものだからね。ひょっとしたら、つぎの局長がきみたちのうちの大部分をくびにするかもしれない。あるいはそうしないかもしれない」

「そういうことは、あんまりありそうにないな」とスタッフのひとりがつぶやいた。

「これから何時間か、きみたちだけで話し合う時間を与えよう。そうだな、正午までということにする。危険をおかしたくない者は、まっすぐ帰宅して、ぼくの局長在職期間が終了するのを待っていればいい。そうしたところで、委員会とのあいだにトラブルが生じないことは保証するよ。ひょっとしたら、委員会はそれを奨励《しょうれい》するかもしれない」

スタッフのひとりがたずねた。

「局長の方針というのは、どんなものになるんでしょうか？　結論を出す前に、それを知っておくべきだと思いますが」

「その必要があるとは思わないな。きみたちは、それ以外の条件にもとづいて決断すべきだ。もしとどまるのなら、それがどんなものだろうと、ぼくの命令にしたがってもらうことになる。きみたちが決断するにあたって、いちばん重要なポイントはこれだよ、〝お座敷をしくじった人間のもとで働く気はあるか？〟」

スタッフはぞろぞろと局長室を出ていき、アレンはまたひとりきりになった。閉ざされたドアごしに、外の廊下から、くぐもった話し声がおぼろげに聞こえてくる。

正午までには、各部責任者の事実上全員が、賢明にも帰宅していた。上級スタッフはひとりも残っていない。さまざまな業務はつづけられているものの、人口密度は減少しはじめている。この世ならぬ孤独感が、ビル全体にわだかまっている。機械の響きが無人のオフィスや廊下にこだまし、だれひとり、おしゃべりを楽しむ気分ではないようだ。

インターカムに向かって、アレンはいった。

「ヴィヴィアン、ちょっと来てくれ」

どちらかといえば質素な身なりの若い女性が、ペンとメモを手にやってきた。

「はい、ミスター・パーセル。わたくしはナンともうします、ミスター・パーセル。ヴィヴィアンは退社しました」

「きみは残ってるのか?」

「はい、局長」

ぶあつい眼鏡をかけ、口述する用意をしている。

「各部署の見回りをしてきてほしい。もう正午だ、したがって、まだ残っている人間は、これから一週間、いっしょに仕事をすることになるはずだ。どこが人員不足になっているかを調べてくれ」

「はい、かしこまりました」ナンはメモをとった。

「とくに、どの部署が機能できて、どの部署がそうでないかを知る必要がある。それから、残っている中でいちばん上級職のスタッフをここによこしてくれ。スタッフ・メンバーがひとりも残っていない場合には、だれでもいいから、一般的な仕事にいちばん通じているときみが考える人間をよこせ」

「はい、かしこまりました」

といって、ナンはオフィスを出ていった。一時間後、ひょろ長い中年の男がおずおずとはいってきた。

「ミスター・パーセル」と男はいった。「グリービーです。お呼びだと聞いたもんですから。わたしは音楽部の責任者です」

グリービーは、親指で右の耳を動かしてみせて、耳が不自由だという興味深い事実を伝えた。

「かけたまえ」

と、アレンはいった。この男に満足すると同時に、スタッフのひとりが残っていた事実に満足していた。

「きみは、八時にこの部屋にいたのかい？　ぼくの話を聞いた？」

「ええ。聞きました」

この男が読唇術に熟達しているのはまちがいない。

「で？　仕事はつづけられる？」

グリービーは思案顔になり、パイプに火をつけた。

「うーん、むずかしいところですね。事実上、閉鎖されたも同然の部署もありますし。人員を配置しなおすことはできますが。欠員をならして、いちばん大きな穴を多少なりとも埋める」

「本気でぼくの命令を実行する覚悟があるのかい？」

「ええ。ありますよ」

グリービーはパイプの煙を吸いこんだ。

「モレク的責任を問われるかもしれないぞ」

「一週間もアパートメントでくすぶってたんじゃ、頭がおかしくなっちまいまさあ。うちの女房がどんな女か、ごぞんじないでしょ」

「ここでは、だれがリサーチを担当してる?」

グリービーはとまどった顔になった。

「リサーチはエージェンシーの仕事ですよ」

「本物のリサーチのことだよ。歴史的な正確性をチェックする。各メディアへの流布物《プロジエクシヨン》をポイント単位でチェックするシステムができてるんじゃないのか?」

「フィリス・フレイムって女が担当してます。ここじゃ勤続三十年の古顔で、地下にでっかいデスクを持ってます。ファイルや記録を何百万と抱えてますよ」

「その女性は帰宅したかな?　もしまだ残っているようなら、ここへ上がってくるように伝えてくれ」

ミス・フレイムは退社しておらず、やがて局長室に顔を見せた。がっちりしたいかつい体つきのご婦人で、かたそうな髪の毛がつったっている。いかにもタフで、寡黙《かもく》な印象があった。

「お呼びですか、局長？」

「かけてくれ」

煙草をさしだしたが、ミス・フレイムは無言でことわった。

「いまの状況は理解してる？」

「状況って、どんな？」

アレンは説明した。

「だから、その点を心にとめておいてほしい」

「わかりました、そうします。用件はなんでしょう？　はやく仕事にもどりたいんですが」

「ストレイター大佐の完全な人物資料を用意してほしい。パケットやプロジェクションからとりだした二次資料ではなく、彼の人生、習慣、性格などについて知られているままの事実だ。バイアスのかかっていない生《なま》の素材がほしい。意見は必要ない。百パーセント事実からなる素材だ」

「はい、局長」

「いつまでに準備できる？」

「六時までに」

ミス・フレイムはすでにオフィスの戸口に向かいかけていた。そこでふりかえり、

「このプロジェクトには、大佐の直系の家族に関する素材も含まれますか？」

アレンは感銘を受けた。

「ああ。非常にいい質問だな」

「ありがとうございます、局長」

ドアが閉じ、ミス・フレイムは姿を消した。

午後二時、グリービーが、残っている人員の最終的なリストを持って、ふたたびやってきた。

「もっとひどいことになってる可能性もありましたね。しかし、決定権のある地位の人間はほとんど残ってません」

リストをぱらぱらめくりながら、

「なにかやることを与えてやれば、この連中は行動に移ります。しかし、なにをやらせるんです？」

「ちょっとしたアイデアがある」

グリービーが出ていったあと、アレンは前のエージェンシーに電話を入れた。電話に出たハリー・プライアーに向かって、単刀直入に切りだす。

「こっちで欠員がある。補充しなきゃならないんだ。エージェンシーから引き抜こうと思ってる。うちの連中をT‐Mの従業員名簿にのせて、T‐Mの経理から給料をもらえるようにするつもりだ。それが無理なら、ぼくがエージェンシーの金で払う。とにかく、こっちで人間がいるんだよ。これから、ほしい人間のリストを送る」

「そんなことされたんじゃ、こっちは商売上がったりだぜ」

と、プライアーが文句をいった。

「わかってる。しかし、たった一週間かそこらの話だ。ぼくの置かれてる状況をうちの人間に説明して、それでも来たいというやつをピックアップしろ。それから、がんばって穴を埋めてくれ。十人程度で足りるだろう。きみ個人はどうだい？」

「あんたのとこで働くよ」

「ぼくはお座敷をしくじってるんだぜ」

「尋問されたら、洗脳されましたとでも答えるさ」

午後四時になるころには、エージェンシーからの派遣部隊の第一陣が到着した。グリービーがひとりずつ面接して、各部署に割りふった。一日が終わるころには、まにあわせの勤務スタッフの配置が完了していた。グリービーはいたって楽観的だった。

「エージェンシーの連中は、意志決定レベルの人間たちです」と、アレンに向かっていう。

「あなたといっしょに働くのに慣れてるし、同時に、信頼できる相手でもある。ありがたい話ですよ。委員会の手先が、たぶんまだ何人か残ってるんじゃないかと思いますね。忠誠度評価委員会かなんかつくりますか？」

「そんなことはどうだっていい」とアレン。「最終的な製品が完成しさえすればね」

進行中のメディア・プロジェクションの一覧表は、すでにチェック済みだった。あるものはとり消され、あるものは先に進められているが、大部分はペンディングになっている。ラインはあけられて、新しい素材を処理すべく待ちかまえている。

「それはなんです？」

アレンがとりだした罫線入りの紙の束に目をとめて、グリービーがたずねた。

「予備的なスケッチだよ。第一段階から最終段階までに、ふつう、どの程度の期間が必要だ？」

「そうですね」とグリービー。「月曜にパケットが通ったとします。それが最終的にリリース可能になるまで、うちだとふつう、一カ月から五カ月ってとこですね、どのメディアに流すかによってちがってきますが」

「やれやれ」とアレンがいった。

「短縮は可能です。時事ネタの場合は、超特急でやって——」グリービーは、頭の中で計算している顔になった。「そう、二週間ってとこですか」

アレンは、そばに立って話を聞いていたハリー・プライアーのほうを向いた。

「きみの意見は？」

「あんたがここから追ん出されるまでの期間じゃ、アイテムひとつ完成しないってことになるぜ」

「たしかに」とアレン。「グリービー、安全圏で考えると、われわれはそれを四日にまで切り詰める必要がある」

「一度だけ、過去に例があります」

グリービーが耳たぶをひっぱりながら答えた。

「アイダ・ピースの父親のウィリアム・ピースが死んだ日のことですよ。二十四時間以内に、全メディアで、大々的なプロジェクションをやりました」

「バスケットまで含めて?」

「バスケット、ちらし、ステンシルのステッカー。いっさいがっさいぜんぶ」

「ほかにだれか、仕事に協力してくれる人間がいるのか?」とプライアーがたずねた。

「それとも、現有勢力がすべて?」

「あとふたり、助《すけ》っ人《と》がいる。あしたにならないと、たしかなところはわからないが」

アレンは腕時計に目をやって、

「そのふたりは、トップのランクだ。オリジナル・アイデアに協力してもらうことになる」

「だれなんです?」とグリービー。「わたしらの知ってる人間ですか?」

「ひとりはゲイツ。もうひとりはシュガーマンって名前だ」

「なにをやらかすつもりなのか、たしか前にもきいたと思いますけど？」

「教えるよ。われわれは、ストレイター大佐にいたずらをしかける」


第一回の予告篇がオンエアされたとき、アレンは妻といっしょだった。アレンの指示にもとづいて、ポータブルTV受像機が、ふたりのワンルーム・アパートメントに設置されていた。時刻は深夜十二時三十分。新ニューヨークの大部分が眠りに就《つ》いている。

「送信アンテナは」と、アレンはジャネットに説明した。「T‐Mビルにある」

グリービーはビデオ技術者をどうにかかきあつめて、送信装置を動かし――通常、この時間には閉鎖されている――オンエアの手筈《てはず》をととのえた。

「あなた、すごく興奮してるみたい」とジャネットがいった。「あなたがいまみたいにがんばってると、わたしもうれしいわ。とっても大切なことなのね」

「なんとかうまくやってのけられることを祈るだけだよ」

あらためて、自分のやろうとしていることに思いをはせながら、アレンは答えた。

「で、そのあとは？　そのあとはどうなるの？」

「そのときにわかるさ」

と、アレンはいった。予告篇がはじまろうとしていた。

背景は、戦争のあとの廃墟。苛烈な戦いの爪痕。コロニーの、見るも無惨な残骸。のろのろと、ぎこちない動きで這いまわる生存者たち。飢えとやけどに苦しみながら、瓦礫《がれき》のあいだをさまよっている。

画面にナレーションがかぶさる。

「公共の利益にかんがみて、まもなくテレメディア討論番組は、いまこの時代に重要性を増しつつある問題に迫ります。パネリストのみなさんは、以下の問題を分析します。現今の脅威と立ち向かうために、積極的同化というストレイター大佐の戦後政策を復活させるべきか？　日時に関しては、お住まいの地域の番組予定表をごらんください」

予告篇がフェイドアウトし、廃墟と荒廃の場面が消え失せた。アレンはテレビのスイッチを切り、大きな誇りを感じた。

「どう思った？」と妻に感想をたずねる。

「なんだったの、あれ？」ジャネットはがっかりしたような顔。「中身なんて、ほとんどなかったじゃない」

「さっきの予告には、いろんなバリエーションがあってね、それが全チャンネルで三十分ごとに放送されるんだ。こいつはメイヴィスのお手柄。それにくわえて、新聞にはチラシがはいるし、全ニュース番組でも告知がある。ほかのメディアでも、ちょっとしたヒントがばらまかれる」

「〝積極的同化〟ってなんだっけ？　覚えてないわ。それに、〝現今の脅威〟ってなんのこと？」

「月曜になればなにもかもわかるさ。『ページェント・オブ・タイム』に酷評の嵐が襲いかかる。いまからバラして、その楽しみをだいなしにしたくない」

階下に降りていって、公衆ラックから、すでに配達されていたあしたの朝刊を一部とってきた。一面、左側のコラムに、シュガーマンとプライアーの合作になる告知が載っていた。

同化復活問題を考える

【新ニューヨーク発、十月二十九日（T－M）】信頼すべき筋からの情報によれば、委員会上層部の多数（現時点では姓名を公表しないことを望んでいる）が、かつて戦後政策として実施された積極的同化の復活を期待している。この政策は、道徳再生運動に対して当時存在した脅威を処理するため、ストレイター大佐が考案したもの。現今の脅威を克服する目的のために甦《よみがえ》った、この積極的同化策への関心は、尖塔公園のストレイター大佐像に対しおこなわれた野蛮な攻撃に代表される、暴力と無法への継続的な懸念《けねん》のあらわれと見ることができる。その背景には、メンタル・ヘルスの治療法および、現今の社会不安と人心の動揺を静めようとするメンタル・ヘルス・リゾ

ートの努力が失敗に終わったとの感触が

アレンは新聞をたたむと、階段を上がってアパートメントにもどった。あと一日かそこらで、モレク社会特有のドミノ効果がはじまる。〝現今の脅威〟の解決策としての〝積極的同化〟が、あらゆる人間の議論のテーマになるだろう。

〝積極的同化〟は、アレンの頭脳の落とし子だった。アレン自身がでっちあげた言葉で、シュガーマンがそれに、〝現今の脅威〟というアイデアをつけくわえた。アレンとシュガーマンで、まったくのゼロからでっちあげたでたらめなのだ。

アレンは深い満足を感じていた。プロジェクトは着々と進展しつつある。

22

月曜の朝までに、完パケの放送用ビデオテープが上がった。武装したT‐M従業員がそれを階上の送信室に運び、警備に立った。テレメディア・ビルは封鎖されていた。出てゆく者も、はいってくるものもゼロ。その日一日、遠回しなほのめかしやスポット予告、番組への言及が、さまざまなメディアを池のカエルのように騒がしていた。緊張と期待感がいやがうえにも高まりつつある。一般大衆の話題は、〝積極的同化〟で持ちきりだった。もっとも、それがなにを意味するのか知る者はひとりもいない。

「世論は二対一で、積極的同化の慎重な復活に賛成してるぞ」

と、シュガーマンがいった。世論調査がおこなわれて、その結果が集計されている最中だった。

「あんなごろつきどもに、積極的同化はもったいない」と、ゲイツが意見のひとつを読み上げる。「裏切り者に甘やかしは無用」

午後八時十五分前、アレンはスタッフを局長室に招集した。全員、すっかり楽天的な気分になっている顔だ。

「さて」とアレンは口をひらいた。「もうそろそろだ。あと十五分でオンエアされる。だれか、手を引きたい者は？」

全員の顔に、間の抜けたにやにや笑いが浮かんだ。

「解任通知はとどいたのかい？」とゲイッがいった。

委員会からの通達は、すでに内容証明郵便で配達されていた。木曜の正午までは猶予がある。そのあとはもう、アレン・パーセルはテレメディア局長でなくなる。アレンはいま、その封筒をあけて、短い公式の声明文を読んだ。

「続報の内容を教えてくれ」と、グリービーにいった。

「失礼？　あ、はい」

用意してあった資料の中から、グリービーは、各メディアにリリースされた全文を読み上げた。

「現在までに流された情報は、前奏曲でしかありません。今夜八時、本物のパネル・ディスカッションが幕をあけます。明日の夜には〝みなさまのご要望により〟この討論番組の再放送をお送りします」

「再放送の時間をくりあげたほうがいいな」とアレンがいった。「向こうにとって、対応する時間的余裕がありすぎる」

「今夜遅くにしたらどうだ」とシュガーマンが提案した。「十時ごろ――みんながベッドにとびこむ時間に」

グリービーが短くメモをとり、

「各コロニーには、ダビングしたテープを発送済みです。討論の内容はすべて文字に起こしてありますから、火曜の朝刊には賛否両論のコメントをくわえて、その全文が掲載されるはずです。物資配給所の雑誌売場で販売するよう、廉価《れんか》版のペーパーバックも印刷させてます。学校向けの児童版も準備が済んでますが、率直にいって、配本が間に合うとは思えませんね。あと四日かかりますから」

「それに、世論調査も」とシュガーマンが補足する。

「上出来だ」とアレンはいった。「一週間足らずの仕事としては悪くない」

T－M従業員のひとりが局長室にはいってきた。

「ミスター・パーセル、なにかあったようです。フロスト書記とミセス・ホイトが委員会のゲッタバウトで外にいらっしゃっています。通してほしいとのことですが」

「平和使節団ってとこか」とプライアーがいった。

「話は外でする」とアレン。「ふたりのところまで案内してくれ」

従業員の先導で一階に降り、玄関前に築かれたバリケードのあいだを抜けて、外に出た。ちいさな青いゲッタバウトの後部座席に、ふたりの女性がすわっている。背筋をまっすぐのばし、その顔にはありありと緊張の色がうかがえた。運転席にいるのは、ラルフ・ハドラー。近寄ってくるアレンにも、まったく気づかないふりをしている。ラルフと彼とは、べつの世界に住んでいるのだ。

「やあ」とアレンはいった。

ミセス・ホイトが口をひらき、

「これは卑《いや》しむべきことです。あなたのことは恥ずかしく思いますよ、ミスター・パーセル。ほんとうに」

「お言葉は肝《きも》に銘じておきます」とアレン。「ほかになにか？」

「なにをしようとしているつもりなのか、わたしたちに話してくれる礼節のもちあわせはないかしら？」

スー・フロストが、息のつまった低い声で質した。新聞をかざして、

「〝積極的同化〟。いったいぜんたい、これはなんなの？　あなたたち、完全に頭がおかしくなってしまったの？」

「おっしゃるとおりで」とアレンはうなずいた。「しかし、それが問題だとは思えませんね」

「うそ八百なんでしょ？」とスー・フロストが切り口上でいう。「なにもかも、あなたたちのでっちあげね。きっとなにか、ろくでもない悪ふざけのつもりなんだわ。わたしがも

うちょっと分別のない人間なら、ストレイター大佐像のいたずらに手を下したのはあなただと告発するところよ。無政府主義的で野蛮なこの無法状態の全面的な勃発にあなたが関与しているのだというところです」

フロストの言葉の選び方には、プロパガンダの達人としての能力がうかがえた。しかし、宣伝スローガンからそのままとってきたようなせりふをしゃべるのを聞いていると、妙な気持ちになる。

「いいですか」

と、やがてミセス・ホイトが、無理やり愛想よくしたような口調でいった。

「おとなしく辞職してくれれば、あなたが貸借権を回復できるよう、わたしたちのほうではからいましょう。エージェンシーをつづけることもできます。以前とまったくおなじ状態にもどれるのです。テレメディアがあなたのエージェンシーから継続的にパケットを購入する旨、書面にした保証を用意しましょう」

ミセス・ホイトはちょっと口ごもり、

「そして、ブレイク－モフェット社がスキャンダルのでっちあげに関与していたことを明らかにすべく、調査をおこないます」

「おかげで、ぼくのやってきたことが正しかったのがわかりましたよ。今夜はTVをお見逃しなく。〝積極的同化〟の全貌が明らかになりますからね」

ビルにもどってから足をとめ、青のゲッタバウトが走り去るのを見送った。委員会の申し出は、青天の霹靂《へきれき》もいいところだった。スキャンダルの気配が、これほどの道徳的正義を呼び起こせるとは、まったく驚いた話だ。エレベーターで階上に上がり、局長室の一団にまた合流した。

「ほんとにもうすぐだぞ」と、腕時計に目をやって、シュガーマンがいった。「あと五分」

「おおざっぱな推測ですが」とグリービー。「全人口のおよそ七十パーセントが番組を見るはずです。一回の放送で、ほぼ完全な飽和状態を達成することになります」

スーツケースから、ゲイツがスコッチ・ウィスキー五分の一ガロン瓶を二本とりだした。「乾杯しよう」といって、両方の瓶の封を切る。「だれか、グラスを持ってきてくれ。それとも、回し飲みするか」

電話が鳴った。アレンが受話器をとる。

「やあ、アレン」マイロン・メイヴィスのしわがれ声だった。「そっちはどうだい？」

「百パーセント完璧」とアレンは答えた。「こっちに寄って、合流しないか？」

「悪いが、そうもいかなくてね。出発準備でてんてこまいなんだ。シリウス行きにそなえて、いっさいがっさい荷造りしなきゃならなくて」

「今夜の放送は見逃さないでくれよ」とアレン。「あと二分ではじまる」

「ジャネットは元気か？」

「えらく上機嫌みたいだ。いよいよ日の目を見るっていうんで、喜んでるよ」それから、「いまごろアパートメントでTVを見てるはずだ」とつけくわえる。

「よろしくいっといてくれ」とメイヴィス。「それと、おまえさんたちの狂気に幸運を祈る」

「ありがとう」

アレンは、じゃあまた、といって受話器を置いた。

「時間だ」

とシュガーマンがいった。ゲイツが大型のTVモニターのスイッチを入れ、全員がそのまわりに集まってきた。

「さあ、行くぞ」

「ようし、行け」とアレンはうなずいた。

ミセス・ジョージニア・バーミンガムは、お気に入りの椅子をテレビの前に置いて、お気に入りの番組、「ページェント・オブ・タイム」のはじまりを、いまやおそしと待ちかまえていた。昼間の精力的な活動ですっかりくたびれていたけれど、心の奥深くに残る魂の声が、仕事と自己犠牲は、それ自体が報酬なのだということを思い出させてくれた。

画面には、番組と番組のあいだの告知が映っている。ぼろぼろになった巨大な歯と、苦痛に歪む顔がアップになる。つづいて、輝くように白い健康な歯が、いかにもおごそかに登場する。二種類の歯はソクラテスとの対話に関係したもので、悪い歯の敗北がその結論。ミセス・バーミンガムは、番組前の告知も喜んでがまんした。その告知は善を説《と》くものだったし、あとにひかえている番組、「ページェント・オブ・タイム」は、どんな労力を払っても見る価値がある。月曜の夜は、いつも大急ぎで帰宅するのが彼女の習慣だった。この十年、「ページェント・オブ・タイム」はただの一回も見逃していない。

色鮮やかな花火のシャワーが画面にはじけ、スピーカーからは銃声の轟《とどろ》きが流れだす。ぎざぎざの流れるような書体の文字が、ぼやけた戦場の遠景にオーバーラップする。

ページェント・オブ・タイム

お待ちかねの番組が幕をあけた。腕を組み、頭を椅子の背にもたせかけたミセス・バーミンガムの眼前に、ひとつのテーブルが出現した。そのまわりにすわっているのは、堂々たる四人の紳士。すでに討論が進行中で、くぐもった言葉が聞こえてくる。その話し声に、アナウンサーのナレーションがかぶさった。

「視聴者のみなさん、『ページェント・オブ・タイム』の時間です。このテーブルについている四人のかたがたは、それぞれ、斯界《しかい》の権威として知られている人物です。パネリストのかたがたに今夜お集まりいただいたのは、モレク社会の全市民がすでにごぞんじの、ある重要な問題について討議していただくためです。この番組のなみはずれた重要性にかんがみて、中断はいっさいはさまず、すでに進行中の討論は、番組終了時間まで休止することなくつづけていただきます。今夜のテーマは……」

画面に出現した文字が、スクリーンいっぱいに広がる。

今日の世界における、積極的同化

ミセス・バーミンガムは有頂天《うちょうてん》になった。積極的同化については、このところしばらく、何度も耳にしている。それがなんなのかを知るチャンスが、とうとうやってきたのだ。くわしい情報に通じていなかったせいで、これまでずっと、自分ひとりだけ時代の流れにとりのこされているような気分を味わっていた。

「わたしの右側にいらっしゃるのは、ジョーゼフ・グリービー博士、著名な教育者、講演者であり、社会価値の問題を扱った多数の著書があります」

やせた中年男の顔をカメラがとらえる。パイプをふかしながら、耳のうしろをかいている。

「グリービー博士の右どなりは、ハロルド・プライアーさん。美術評論家、建築家で、『エンサイクロペディア・ブリタニカ』にも何度となく執筆されています」

ややや小柄な人物が画面に映る。思いつめたような、生真面目な表情。

「そのおとなりは、シュガーマン教授。教授の歴史研究は、ギボン、シラー、トインビーのそれに匹敵するものです。シュガーマン教授にお越しいただけたのは、たいへん幸運でした」

カメラがパンして、シュガーマン教授の重々《おもおも》しくいかめしい顔に寄っていく。

「そして、シュガーマン教授のおとなりが、トーマス・L・ゲイツさん。法律家であり、市民運動のリーダーであり、多年にわたり委員会のコンサルタントをつとめています」

そして最後に、司会者の顔が画面に映しだされた。ミセス・バーミンガムの目の前にいるのは、アレン・パーセルだった。

「そしてわたしは」とミスター・パーセルがいう。「テレメディア局長のアレン・パーセルです」

テーブルのいちばん端、水差しが置いてある前に腰をおろす。四人のパネリストのほうを向いて、

「それではみなさん、まず最初に、積極的同化の語源的意味についてひとことずつお言葉をいただきたいと思います。この積極的同化は、敵対するグループへの対処法としてじつ

に効果的であることが証明されたわけですが、ストレイター大佐はそもそもどのようにして、この政策を考案したのでしょうか？」

「それはだな、パーセルくん」

シュガーマン教授が重々しく咳払いし、指をあごの下にあてがうと、おもむろに口を切った。

「大佐は、戦争の荒廃を間近に見る機会に恵まれていたわけだ。西部の畜産地域、カンザスの小麦畑、ニューイングランドの酪農など、とりわけ農業、食品産業における被害は深刻だった。そうした地域が完全に壊滅した結果、当然のことながら、周知のとおり、本物の飢餓とはいわないまでも、深刻な食糧不足が生じた。これが、産業構造の再編成に影響する、全面的な生産性の低下をうながした。その時期には、もちろん通信網は途絶し、各地域は孤立化し、無政府状態が一般化していた」

「それと関連してですが」

と、グリービー博士が口をはさんだ。

「道徳基準の低下という〈浪費の時代〉に特有の問題の多くが、かろうじて存在していた規律さえもが崩壊したことによって、全面的に激化したのです」

「たしかに」とシュガーマン教授がうなずき、「したがって、それにつづく歴史のパターンとして、ストレイター大佐は、新しい食糧源を開拓する必要性をさとった……しかし土壊は、われわれも承知しているとおり、有毒金属や化学薬品、灰などによって、徹底的に汚染されており、家畜の大部分は死滅していた」

教授は天をあおいだ。

「わたしの推計によれば、一九七五年の時点で北アメリカに生存していた家畜の数は、三百頭に満たなかったはずだ」

「適切な数字でしょうね」とミスター・パーセルが相づちをうつ。

「したがって」

と、シュガーマン教授が先をつづけた。

「道徳再生運動家たちは、現地で活動をつづけるあいだ、一種のチームを形成することになった――」

身振りをまじえて、

「――つまり、多かれ少なかれ自給自足的な部隊ができたわけだ。その手法は、現在のわれわれにもよく知られているとおり……。そして彼らは、おなじ地域で活動中の敵対的な集団からやってきた多数の人間たちに食糧を与え、その面倒をみるという、事実上解決不能の問題に直面した。それと関連して、ひとつ補足しておいたほうがいいかもしれないのは、どうやらストレイター大佐は、その後の十年間の畜産業の継続的退潮を、はるか以前から予見していたらしいという点だね。畜産の衰退を予期し、その対抗措置をとった。もちろん、歴史家たちは、そうした対抗策の適切性を高く評価している」

シュガーマン教授はためいきをつき、握りしめた両手をじっと見つめ、ふたたび口をひらいた。

「彼らの置かれていた状況を十全に理解するためには、本質的に規律を欠いた、野蛮な力が支配する世界で生きる人間の姿を、自分のこととして思い描く必要がある。当時、道徳という概念を見いだすことができたのは、再生運動家の部隊の中だけだった。どんな制限もない、生存競争のジャングル――それが、当時の世界だった」

テーブルと五人の男がフェイドアウトした。画面に、戦後まもないころのおなじみの情景が浮かび上がる。廃墟、荒廃、肉片を奪い合う野蛮人たち。みすぼらしい小屋の軒先《のきさき》には、乾《ほ》した毛皮。蠅。汚穢《おわい》。

「敵対する集団の多数の構成員が」と、シュガーマン教授の解説がつづく。「毎日のようにわれわれの手に落ちていた。その結果、荒廃した地域に安定した食糧供給をもたらすという、すでに手におえなくなりかけていた問題が、さらに複雑化した。モレクは上昇気運にあったが、統一された文化的環境をつくりだすという問題が一夜にして解決されうると信じるほど理想主義的だった人間はひとりもいなかった。

そして、真に深刻な問題は、明らかに大佐がはやい段階で理解していたとおり、いわゆる〝不可能派〟だった。この種の集団は、けっして勝利を手中にすることがなかったにもかかわらず、最大の害悪をおよぼした。再生運動家たちは、まず第一に、こうした〝不可能派〟に対抗して活動していた以上、ストレイター大佐が考案した計画、すなわち、彼ら〝不可能派〟こそがもっとも自然な同化の供給源になるというプランは、唯一自然なものだった。さらに――」

「さしでがましいようですが、シュガーマン教授」

と、ここでミスター・ゲイツが口をはさんだ。

「そのご意見には賛成しかねますな。積極的同化がすでにおこなわれていた――モレク計画に先立って存在していたというのが真実ではありませんか？　大佐は基本的に経験主義者でした。自然発生的に生じた同化を観察し、敏速にそれを利用したんです」

「それは大佐の先見の明に対して不公平のそしりをまぬがれんのじゃないかと思うね」

と、今度はミスター・プライアーが口をひらく。

「つまり、あなたの口ぶりだと、まるで積極的同化がただ偶発的に――無から生じたようじゃないか。しかし、われわれが知っているとおり、積極的同化は基本政策であり、最終的にそれととってかわった自動工場システムに先立つものだよ」

「どうやらふたつの見方があるようですが」

と、司会者のミスター・パーセルが収拾に乗り出した。

「しかし、いずれにしても、ストレイター大佐が戦後のはやい段階で、積極的同化を利用して、地方人口に食糧を供給し、敵対集団および〝不可能〟分子の数をへらすという問題を同時に解決したことに関しては、全員の意見が一致しています」

「ええ」

　とグリービー博士がうなずき、

「一九九七年までに、すくなくとも一万人の〝不可能派〟が同化されました。そしてその結果、経済的価値を有する多くの副産物を得ることができたのです。にかわ、ゼラチン、皮革、毛髪……」

「はじめて公式の同化がおこなわれた時期を特定できるでしょうか？」とミスター・パーセルがたずねた。

「もちろんだとも」

　と、シュガーマン教授が応じた。

「一九八七年の五月。百人のロシア人〝不可能派〟が捕虜となり、殺害され、ウクライナ地域で活動していた再生運動家たちによって処理された。これが公式に認められている、史上最初の積極的同化だよ。この年の七月四日には、ストレイター大佐その人が、〝不可能派〟一名を、自身の家族で分配したものと、わたしは信じている」

「当時は、ゆでるのが通常の処理方法だったと思うね」とミスター・プライアーがコメントする。

「ゆでる方式と、そしてもちろん、焼く方式があった。この場合には、ミセス・ストレイターの得意の料理法、焙《あぶ》る方式が採用されたが」

「それでは、〝積極的同化〟という用語は」

と、ミスター・パーセルがまとめる。

「歴史的に見た場合、敵対集団の殺害、調理、嗜食《ししよく》のすべてに適用できるわけですね。ゆでる、焼く、焙る、揚げるの別は問わない、と。手短にいえば、適当な調理法でさえあれば、その方式はどんなものでもよく、皮膚、骨、爪など商業的利用価値のある副産物を保存しておくかどうかも問題ではないということですね」

「そのとおり」とグリービー博士がうなずく。「ただし、ひとつ指摘しておかねばならないのは、公的な承認を経ず、敵対分子をみだりに食用に供することは――」

プツンとテレビが音をたて、ミセス・バーミンガムはびくっとして背筋をのばした。映像は消えて、スクリーンは空白になっている。

〝積極的同化〟をめぐるパネル・ディスカッションは、唐突に放送が途絶えていた。

23

「電源を切りやがった」

と、アレンが叫んだ。

「ケーブルですね」

とグリービーが答えて、オフィスの闇の中を手探りする。テレメディア・ビルの照明が、すべて消えていた。頭上のTV送信機は沈黙し、放送は中断している。

「緊急発電機があります。市内の送電とは独立したやつが」

「送信機を動かすには、相当の電力がいるぞ」

シュガーマンがそういうと、窓のブラインドを上げ、眼下の夜のレーンを見下ろしながら、

「そこらじゅうにゲッタバウトがうようよしてる。軍団だな、たぶん」

アレンはライターの光を頼りに、グリービーといっしょに階段をおりて、発電室に向かった。あとからやってきたゲイツは、送信機についていた技術者ひとりをともなっていた。

「十分か十五分で電力を回復できますね」

　と、発電機の容量を調べていたTV技術者がいった。

「しかし、そう長くはもちませんよ。このタイプの発電機には、負荷が大きすぎる。しばらくもちこたえても、そのあとは――いまとおんなじ」

「できるだけのことをやってくれ」

　とアレンはいった。番組は、いったいどの程度まで理解されただろう。

「ぼくたちのモレクは、あれで確立されたと思うか？」

　と、シュガーマンに向かってたずねる。

「おれたちの非モレク、だよ」

　と、シュガーマンが訂正する。歪《ゆが》んだ笑みを浮かべて、

「やつら、引き返し不能地点にそなえて待機してたんだ。ってことは、おれたちは非モレクをはっきりさせたにちがいない」

「ようし、行くぞ」ゲイツがいった。発電機が動きはじめ、頭上の照明がちらちらまたたいている。「放送再開」

「しばらくはね」とアレンはいった。

　ジャネット・パーセルが見ていたテレビは小型画面だった。アレンが持って帰ってきた

ポータブル・テレビ。ジャネットは、ワンルーム・アパートメントのカウチに上半身だけ起こして寝そべり、画像がもどるのを待っていた。やがて、画面が復活した。

「……た」

とシュガーマン教授が話している。画像がうすれ、暗くなり、それから歪んだ。

「しかし、焙《あぶ》る方式が好まれていたと、わたしは信じている」

「こちらの手もとにある情報とは食いちがってますね」とグリーピー博士が反論する。

「わたしたちの討論の真のテーマは」

と、司会者――すなわち、ジャネットの夫――が割ってはいった。

「じっさいには、積極的同化を現代世界に応用することです。現在の無政府状態の流行に対処するための懲罰的政策として、積極的同化を復活させてはどうかという提案がありました。これについてご意見をうかがえますか、グリーピー博士？」

「もちろんです」

グリーピー博士は、テーブルの中央の灰皿の上でパイプをとんとんとたたき、吸い残りを捨ててから、

「積極的同化が、まず第一に食糧問題の解決策であって、しばしば誤解されるように、敵対勢力を転向させるための武器ではなかったという点に、われわれは留意しなければなりません。当然のことながらわたしは、尖塔《せんとう》公園の大佐像にしかけられた身の毛がよだつい

たずらに代表される、暴力と蛮行の勃発《ぼっぱつ》に、深い憂慮《ゆうりょ》の念を抱いておりますが、しかしこんにち、食糧問題に苦しんでいるといわれることはめったにありません。けっきょくのところ、自動工場システムが――」

「歴史的にいえば」

と、シュガーマン教授が途中でさえぎった。

「たしかにきみのいうとおりかもしれんよ、博士。しかし、効率性の観点から考えてみるべきじゃないかね。積極的同化が、彼ら現代の〝不可能派〟に、どのような影響を与えるか? ゆでられ、食われるという恐怖は、彼らの敵対的衝動を転向させる有力な動機となりうるのではないかね? 無意識下で、強い抑制効果がはたらくだろう。その点についでは確信がある」

「わたしも同感だ」

と、ミスター・ゲイツがいった。

「反社会的な人間が、逃亡し、身を隠し、ヘルス・リゾートに避難することを放置するというやりかたは、あまりにも安易にすぎる。反体制分子が好き勝手ないたずらをしでかしたあと、罰も受けずに逃げおおせることを、われわれは是認してきた。この政策が、彼らを増長させ、彼らの活動の拡大に拍車をかけたことはまちがいない。しかし、もしいま、罪をおかせば食われてしまうとわかれば――」

「刑罰を重くすることが、犯罪の発生率の抑制につながらないことは周知の事実ですよ」

と、ミスター・プライアーが反駁《はんばく》する。

「ごぞんじでしょうが、かつてはスリを縛り首にしていた時代もあったんです。だが、なんの効果もなかった。まったく流行遅れの理論ですよ、ゲイツさん」

「しかし、議論の本題にもどるとですね」

と、司会者がいった。

「われわれの社会の犯罪者を、罰するのではなく食べてしまうという施策が、食糧供給面でなんら効果を生まないと確信していいのでしょうか？　シュガーマン教授、歴史家として、当時の一般大衆が、ゆでた敵を毎日の食卓に供《きょう》することに対して、どのような態度をとっていたのかご説明いただけませんか？」

TV画面に、一連の歴史的遺物が映しだされた。高さ二メートル近いバーベキュー台、等身大の巨大な皿、各種の食器類。スパイスの壺。巨大なフォーク。ナイフ。料理書。

「明らかに、これは芸術だった」とシュガーマン教授が解説する。「適切に料理すれば、ゆでた敵は、グルメのごちそうとなる——これは、大佐自身の言葉です」

ふたたび画面に映しだされたシュガーマン教授が、たたんだメモを開いた。

「その生涯を閉じるまで、大佐は、ゆでた敵以外のものは、まったく——あるいは、まったくといっていいほど——口にしなかった。ゆでた敵は、ストレイター夫人の大好物だったし、夫人の得意料理のレシピは、現存する最高のひとつに数えられている。E・B・エリクスンがかつて推計したところでは、ストレイター大佐およびその家族は、個人的に、すくなくとも六百の、完全に成長した〝不可能派〟を同化したはずだという。おおむねこれを公式の数字と見ていいだろう」

プツン！　と画面が音をたて、また映像が消えた。色彩や模様や点が、万華鏡のようにくるくるとめまぐるしく映りかわる。スピーカーからは、ガーガー、ピーピー、キーキーの音。

「……がストレイター家の伝統だった。通説によると、大佐の孫がとくに偏愛した料理法は……」

ふたたび沈黙。それからパチパチの音と、ぼやけた映像。

「……したがって、この番組の趣旨に対し、積極的に賛成することはできかねます。その影響の――」

さらなる混乱。音と色の洪水。とつぜん、空電の音が咆哮《ほうこう》する。

「……ゆでた敵の現代版と同様に、客観的な教訓として――」

画面が歪み、消え、つかのま息を吹き返す。

「……大なり小なり、テストケースにはなるでしょうね。ほかにも共犯がいるんですか？」

アレンの声が聞こえた。

「何人かいます。現在、つぎつぎに逮捕されているようです」

「しかし、主犯はすでに捕まっているじゃないか！　それに、ミセス・ホイトご自身が、はっきりと言明して――」

また干渉。画面に映っているのは、四人の参加者が着席しているテーブルのわきに立つニュース・キャスター。司会のミスター・パーセルは、ニュース原稿に目を落としている。

「……同化は、かつてそのご先祖が現実に使用した歴史的な容器に盛りつけられました。細心の注意をもって調理された、ゆでた陰謀主犯のサンプルを試食したあと、ミセス・アイダ・ピース・ホイトは、その料理が〝きわめて美味〟だったと感想を述べられ、これは〝お客さまに出しても恥ずかしくない――〟」

ふたたび映像が消えて、こんどはそれっきり回復しなかった。しばらくすると、だしぬけに、パネル・ディスカッションとは無関係の、謎めいた声が響きわたった。

「技術的トラブルが生じました。視聴者のみなさんは、今夜これ以降、テレビの電源を切ってください。今夜はもう、放送はありません」

おなじ声明が数分おきにくりかえされた。その口調には、ストレイター大佐軍団特有の、耳ざわりな抑揚《よくよう》がある。ジャネットはカウチに身を起こし、権力が支配権をとりもどしたことをさとった。あの人はだいじょうぶだろうか、と夫の身を案じる。

さい」

「技術的トラブルが生じました」とお上《かみ》の声がくりかえす。「テレビの電源を切ってください」

ジャネットはテレビをつけたままにして、待った。

「これで打ち止めか」とアレンがいった。

闇の中で、シュガーマンの声がする。

「でも、やってのけたじゃないか。向こうは電波を遮断したが、間に合わなかった」

ライターやマッチがつけられて、局長室がぼんやりと浮かび上がる。アレンは勝利感で有頂天だった。

「家に帰ったほうがいい。ぼくらは仕事をやりとげた。いたずらを完遂したんだ」

「家に帰るのはちょいとやっかいかもしれないぜ」とゲイツがいった。「軍団が外で張ってる。あんたをお待ちかねだ。目当てはあんただよ、アレン」

アパートメントでひとり待っているジャネットのことが頭に浮かぶ。逮捕するつもりなら、まちがいなくアパートメントにも手をまわすだろう。

「女房のようすを見にもどってやらなきゃ」と、シュガーマンに向かっていう。

「下にあるゲッタバウトを使うといい」とシュガーマン。「ゲイツ、アレンといっしょにおりて、場所を教えてやれ」

「いや。みんなを残してひとりだけ先に帰るわけにはいかないよ」

とくに、ハリー・プライアーとジョー・グリービーは放っておけない。シュガーマンたちとちがって、ふたりには、身を隠せる北海道がない。

「仲間が逮捕されるのを、みすみす放っておけるもんか」

「わたしらにとっていちばんありがたいのは」と、グリービーがいった。「まっすぐここを出ていってくれることですよ。わたしらのことなんか、やつらの眼中にない。このいたずらを仕組んだのがだれか、やつらだって知ってます」

グリービーは首を振って、

「人肉嗜食《ししょく》。グルメのごちそう。ストレイター夫人の得意料理。やれやれ、さっさと退散したほうが身のためですよ」

「才能の代償ってやつだな」とプライアーがつけくわえる。「一マイル先からでも人目につく」

アレンの肩をがっちりつかんで、シュガーマンがオフィスの戸口へ押し出しながら、

「ゲッタバウトの場所を教えてやれ」とゲイツに向かっていう。「しかし、おまえが外にいるあいだは、アレンが見つからないようにしろよ。軍団は悪魔の化身だからな」

いっしょに長い階段を降りていくあいだに、ゲイツがたずねた。

「満足かい?」

「ああ。ジャネットのことさえなけりゃね」

それに、時がたてば、集まった仲間たちのことも残念に思えてくるだろう。ゲイツとシュガーマン、グリービーとプライアーでいたずらを仕組むのは、最高に楽しくてすばらしい体験だった。

「連中、奥さんをとっつかまえて、ゆでちまうかもしれないな」といって、ゲイツはくすくす笑った。「ま、そんな度胸はないか。心配するなって」

そんなことを心配していたわけではないが、委員会の迅速な反応に対処する計画をたてておかなかったことは悔やまれた。

「委員会もぐっすり眠りこけてたわけじゃなかったな」とつぶやく。

懐中電灯で階段を照らしながら駆け降りてきた技術者の一団が、ふたりを追い越していった。

「出ていけ」とこっちに向かって叫ぶ。「出ていけ、はやくここから出ろ！」

騒々しい足音が下から響き、やがて聞こえなくなる。

「みんな終わった」とゲイツが鼻で笑う。「ようし、行くぞ」

ふたりはロビーにたどりついた。T - M従業員が闇の中に集まっている。バリケードをまたぎこして、夜のレーンに出ていく者たちもいる。ゲッタバウトのヘッドライトがいくすじも光り、呼びかわす声、野次《やじ》と歓声が交錯する。なんだかよくわからない、らんちきパーティじみた騒ぎ。しかしもう、そのパーティもお開きの時間だ。

「こっちだ」

とゲイツがいって、バリケードのすきまに体をこじ入れた。アレンもそのあとにつづき、レーンに出た。ふたりの背後には、テレメディア・ビルの巨大でおごそかなシルエットがそびえたっていた。力を奪われた巨人。消された炎。駐車してあったゲッタバウトは夜露でしっとり濡れていた。ゲイツとアレンはそれに乗りこみ、バタンとドアをしめた。

「ぼくが運転するよ」

といって、アレンはエンジンをかけた。ゲッタバウトが、蒸気を噴き上げながら、レーンにすべりだす。一ブロック離れたところで、ヘッドライトをつけた。

交差点を折れたとき、もう一台のゲッタバウトが背後から猛然と迫ってきた。ふりかえったゲイツが歓喜のおたけびをあげる。

「来やがったぜ――ぶっとばせ！」

アレンはゲッタバウトのエンジンを全開にした。時速五十キロは出ているだろう。前方の歩行者たちが右へ左へ逃げまどう。バックミラーには追っ手のゲッタバウト。乗っている人間の顔まで見分けられる。ハンドルを握っているのはまたしてもラルフ・ハドラー。そのとなりはフレッド・ラディーで、後部座席にはブレイク－モフェット社のトニー・ブレイクがいる。

窓から身を乗り出し、ゲイツがうしろに向かって叫んだ。

「煮て、焼いて、揚げろ！　煮て、焼いて、揚げろ！　捕まえられるもんなら捕まえてみな！」

まったくの無表情で、ハドラーがピストルをかまえ、発砲した。とっさに身をふせたゲイツの頭を、銃弾がかすめる。

「とびおりるぞ」

と、アレンは叫んだ。ゲッタバウトは急カーブに近づきつつある。

「しっかりつかまってろ」ハンドルをいっぱいに切る。「まず、車を止めなきゃ」

ゲイツはひざを引き上げ、頭を伏せて胎児の姿勢をとる。ゲッタバウトがカーブを曲がり切った瞬間、アレンは思いきりブレーキペダルを踏みつけた。ちいさな車は悲鳴を上げ、左右にガタゴト揺れ、ふらつきながらガードレールにゆっくり突っ込んだ。開いたままゆらゆらしているドアから、ゲイツが半分転がるようにしてとびおり、アスファルトにぶつかって、一回転して立ち上がった。がんがんする頭で、ぼうっとしたまま、アレンもそれにつづいてまろびでる。

追ってきたゲッタバウトは猛スピードでカーブに突っ込み、減速もせずに——ハドラーの運転の腕はあいかわらずお粗末だった——たちはだかる車にまっすぐぶちあたった。大破したゲッタバウトの破片が四方八方にとびちる。三人の乗員は、ガラクタの山にまぎれて見えなくなった。ハドラーの銃がレーンをすべり、街灯の根元にぶつかってガチャンと音をたてる。

「じゃあな」

ゲイツがアレンの肩をたたいた。すでにきびすを返して歩き去ろうとしている。それから、肩ごしにふりかえり、にやっと笑って、

「煮て、焼いて、揚げろ。やつらになんか捕まるもんか。ジャネットによろしくな」

アレンは、どこにでもいるような気がする歩行者たちの群れのあいだを縫って、薄闇のレーンを急ぎ足で歩いていった。その背後の、二台のゲッタバウトの残骸から、ハドラーが姿をあらわした。銃を拾い上げ、ざっと調べてから、アレンのほうにいいかげんにねらいをつけたが、すぐまた、コートの内側につっこんだ。アレンはかまわず歩きつづけ、やがてハドラーの姿は見えなくなった。

アパートメントにたどりつくと、ジャネットはきちんと服を着て待っていた。その顔が、興奮に白くなっている。ドアはロックされていて、ジャネットがチェーンをはずすのを待たなければならなかった。

「けがしたの？」

夫の頬の血に気づいて、ジャネットがたずねた。

「かすり傷だよ」ジャネットの腕をとって、廊下に連れ出す。「いまにも踏み込んでくるかもしれない。夜でよかった」

「あれはなんだったの？」

夫のあとについて、足早に階段をおりながら、ジャネットがたずねた。

「ストレイター大佐が、ほんとに人間を食べたわけじゃないんでしょ？」

「文字どおり食べはしなかったさ」

しかし、ある意味では――本質的な意味では――あれは真実だった。モレクは、人間の魂《たましい》を貪欲にむさぼり食ったのだ。

「どこまで行くの？」とジャネットがたずねた。

「宙港まで」

と、口の中でつぶやき、妻の体をぎゅっと抱き寄せる。さいわい、宙港は遠くない。ジャネットは気分が高揚しているようだ。神経質になり、興奮しているが、落ち込んではいない。たぶん、彼女の憂鬱《ゆううつ》の大部分は、どうしようもない退屈が原因だったのだろう……無味乾燥な世界の究極の空虚のせいだったのだ。

手に手をとって、ふたりは息を切らしながら、宙港の宇宙船発着場を小走りに横切った。照明を背景に、巨大な恒星間宇宙船の姿が浮かび上がる。太陽系からシリウス星系へのフライトに備えて、離昇準備をしている。エレベーターの前に集まって、別れを惜しんでいる乗客たちが見えた。

砂利敷きの発着場を走っていって、アレンは大声で叫んだ。

「メイヴィス！　待ってくれ！」

乗客たちの中に、厚手のコートを着た猫背の男が、陰気な顔で立っていた。マイロン・メイヴィスは目を上げて、むっつりとこちらをすかし見た。

「待ってったら！」

アレンは、顔をそむけたメイヴィスに向かって、もう一度叫んだ。妻の手をしっかり握りしめて、乗客用プラットホームの端にたどりつくと、そこで足をとめ、荒い息をつく。

「ぼくらもいっしょに行く」

メイヴィスは赤い目で、じっとふたりの顔を見つめた。

「おまえさんたちか」

「場所はあるだろ」とアレン。「まるまるひとつ、惑星を所有してるんだから。頼むよ、マイロン。高飛びしなきゃならないんだ」

「まるまるひとつじゃない、惑星の半分だよ」とメイヴィスが訂正する。

「どんな星なの？」とジャネットがあえぐ息の下でたずねた。「すてきなところ？」

「家畜だよ、大部分は」とメイヴィス。「それに果樹園。使ってほしいと叫んでる機械が山ほど。仕事はいくらでもある。山を削ったり、沼を干拓《かんたく》したり。ふたりとも、額《ひたい》に汗して働くことになるぞ。のんびりすわって日光浴ってわけにはいかん」

「すばらしい」とアレン。「望むところだよ」

闇の中、頭上から、機械音声が降ってきた。

「乗客のみなさんは、全員エレベーターにご搭乗ください。見送りのお客さまは、発着場から退去してください」

「これを持て」

メイヴィスがそういって、スーツケースのひとつをアレンの手に押しつけた。

「奥さんも」

と、ジャネットにはひもで縛《しば》った箱をわたす。

「口は閉じてるんだぞ。だれかになにかきかれても、話はおれにまかせろ」

「息子と娘ね」ジャネットが夫にぴったり寄りそい、手を握った。「わたしたちの面倒をみてくれるんでしょ。ネズミみたいにおとなしくしてるわ」

息を切らし、笑いながら、アレンを、それからメイヴィスを抱擁する。

「さあ行くわ――出発進行！」

発着場のはずれにある手すりに、一団の人影があった。メイヴィスのスーツケースをつかんでふりかえったアレンは、ティーンエージャーたちの姿を見た。いつもどおり、ちいさな黒い結び目のように、手すりに群がっている。目で船の重さをはかり、頭の中で計算し、どこへ行くんだろうと想像し……コロニーを思い描いている。穀物の星？　それともオレンジの星？　植物を育てる世界だろうか？　丘と牧場、羊や山羊、牛、豚の群れ？

牛だ――この船の場合には。それは、子どもたちにもわかっているだろう。いまごろきっと、おたがいに言葉をかわし、自分の持っている情報を交換しあっている。それとも、黙っているかもしれない。言葉にする必要はないのだ、長い長いあいだ、じっと観察しつづけているのだから。

「行けない」とアレンはいった。

「どうしたの？」ジャネットがあわててアレンの服をつかんだ。「エレベーターに乗ってなきゃだめよ。もうすぐ動きだすんだから」

「やれやれ！」メイヴィスがうめいた。「気が変わったのか？」

「もどるよ」

と、アレンはいった。メイヴィスのスーツケースを下に置き、ジャネットの手から箱をとる。

「あとから行くよ、たぶん。ここの仕事が終わったら。まだやることが残ってるんだ」

「狂気だな」とメイヴィス。「狂気の中の狂気だ」

「いや」とアレン。「そうじゃないのは、あんたにもわかってるはずだ」

「おねがい」ジャネットがささやいた。「なに？　どうしたの？」

「あのガキどもにおまえさんがしてやることなんざ、なにもないぞ」とメイヴィスがアレンに向かっていった。

「いっしょにいてやれるさ」とアレン。「それに、自分の気持ちをはっきりさせることもできる」

すくなくとも、それだけは可能だ。

「おまえさんの決めることだからな」

メイヴィスは、ほとほと愛想がつきたというように、両手を広げてみせた。

「しかし、どうしようもないやつだな。なんの話をしてるのかさえ、おれには理解できん」

だが、メイヴィスの表情は、彼が理解していることをしめしていた。

「おれは、ビジネスからはいっさい足を洗った。おまえさんは、自分がいちばんいいと思うことをやるがいい」

「わかったわ」とジャネットがいった。「もどりましょう。最後までやりとげましょう。そうしなきゃいけないのなら」

「場所をあけといてくれるかい?」とメイヴィスにたずねた。

ためいきをついて、メイヴィスがうなずく。

「ああ。待ってるよ」

「しばらくかかるかもしれない」

メイヴィスはアレンの肩をぽんとたたき、

「だが、いつかはおまえさんたちふたりに会える」

ジャネットの頬にキスすると、メイヴィスはひどく格式ばったしぐさで、重々《おもおも》しく、ふたりと握手した。

「いつか、時が来たらな」

「ありがとう」とアレンはいった。

荷物と、仲間の乗客たちに囲まれて、メイヴィスは立ち去るふたりを見送ってくれた。

「幸運を祈る」

その声がふたりの背中にとどき、やがて、機械のうなりにまぎれて聞こえなくなった。

妻と連れ立って、アレンはゆっくりと、発着場を引き返していった。さっき全力疾走したおかげで、まだ息が切れている。ジャネットも、足をひきずるようにして歩いていた。

背後では、とどろく咆哮とともに、船が上昇しはじめていた。ふたりの前方には、新ニューヨーク。居住ユニットやオフィス・ビルの広大な広がりから、ひときわ高く、尖塔《せんとう》がつきだしている。アレンは厳粛《げんしゅく》な気持ちになり、それと同時に、ちょっと恥ずかしくなった。けれどいま、彼は、日曜の夜に公園の闇の中ではじめたことを、やりとげようとしている。だから、これでよかったのだ。そして、恥ずかしさを感じることに、終止符を打つことができる。

「わたしたち、どうなるかしら？」

と、ややあってジャネットがたずねた。

「生き延びるさ」アレンの胸の奥には、絶対的な確信があった。「どんな壁が立ちふさがっても、ぼくたちは突破する。それがだいじなんだ」

「それから、マイロンの星に行くの？」

「ああ、そうしよう」とアレンは約束した。「それで、なにもかもうまくいく」

発着場のはずれには、ティーンエージャーたちと、種々雑多な階層の人々が立っていた。乗客の親戚、宙港の下っぱ職員、通行人、非番の警官。アレンと妻はそちらに歩いていって、手すりの前で立ち止まった。

「ぼくはアレン・パーセル」と、誇らしく宣言する。「ぼくは、ストレイター大佐像にいたずらした人間だ。そのことを、みんなに知ってもらいたい」

人々は息を呑み、ささやきをかわし、かかわりになるのをおそれて四方へ散っていった。だが、ティーンエージャーたちはその場を動かず、超然と黙りこくっている。非番の警官が目をしばたたき、公衆電話のほうに歩きだした。

アレンは、片腕を妻の肩にまわして、軍団のゲッタバウトがやってくるのを、おだやかに待ち受けた。

訳者あとがき

本書『いたずらの問題』は、一九五六年にエース・ブックスから刊行されたフィリップ・K・ディックの第三長篇 *The Man Who Japed* の全訳にあたる。初刊時は、長篇二冊を一冊にカップリングする《エース・ダブル》の片方（もう半分は、E・C・タブの *The Space Born*）。邦訳は、一九九二年十月に、創元SF文庫から刊行された。没後、四十年近く経ったいまもなお衰えないディック人気のおかげで、その邦訳に手を入れた新版が、二十六年の時を経て、こうしてハヤカワ文庫SFから装いも新たに刊行される運びとなったわけである。

著者の長篇としては最初期の作品だが、「朝起きたらベッドルームがなくなっていた」という冒頭から、ディック節は全開。物語の背景は、道徳再生運動《モラル・レクラメーション》（略称モレク）が世界を統一し、集団相互監視システムによって維持される未来社会（時代設定は二一一四年）。ディック作品ではおなじみの典型的なディストピアだが、そこからはみだした人々のために、メンタル・ヘルス・リゾートという救済システムが用意されているところがポイント。モレク社会に適応できない人間は、外宇宙のコロニーで、のんびりした消費生活を享受できる。人間をガチガチに縛る抑圧的な独裁体制ではなく、ソフトな管理社会という意味では、ジョージ・オーウェル『一九八四年』よりも、オルダス・ハクスリー『すばらしい新世界』に近い。社会主義的ではなく、高度資本主義的なディストピア。そのためか、いま読んでも古さを感じないどころか、本書に描かれる未来には、現在（二〇一〇年代後半）の日本が重なって見える。一九五六年にペーパーバック・オリジナルで刊行されたジャンルSFだということを考えると、驚くべき先見性と言うほかない。

具体的に言うと、あらゆる場所に出没して映像と音声を記録するハサミムシそっくりのスパイ・ロボット〝ジュブナイル〟は、現代日本の街角に遍在する防犯用の監視カメラを容易に想起させるし、ブロック集会における（発言者の正体を隠した）匿名の攻撃は、インターネットの匿名掲示板やツイッターで行われているバッシングを物理的に表現したもののようにも見える。芸能人の不倫や政治的に正しくない発言をメディアがよってたかって吊し上げるいまの風潮は、まさにモレク的と言っていいだろう。

小説の中で重要な役割を果たすリサーチ・エージェンシー（調査代理店）は、いわば、裏返しの広告代理店。道徳再生運動にふさわしい教訓《モレク》を含んだエピソードをエージェンシーが企画書やシナリオのかたちにまとめ（作中では〝パケット〟と呼ばれる）、メディア庁とも言うべき政府機関テレメディアを通じて、それをテレビやラジオなどに流す。この構図は、現代社会で言えば、広告代理店がCMを企画・制作し、民間のテレビ局を通じて放送するのとパラレルな関係にある。

われらが主人公、アレン・パーセルは、二十九歳の若さで、新興調査代理店の創業社長という地位にある人物。さらに、政府からテレメディア局長のポストを打診され、前途洋々に見える。だが、彼には大きな悩みがあった。ある日曜の深夜、記憶が欠落しているあいだに、会社の備品の赤ペンキと電動鋸を使って、道徳再生運動の創始者ストレイター大佐の像にとんでもない〝いたずら〟を仕掛けたらしいのである。この事実が露見すれば、社会的地位を失うだけでは済まない。いったい自分の身になにが起きているのか?

途方に暮れるアレンの前に、ディック作品ではおなじみの〝黒髪の少女(the dark haired girl)〟が現れる。例によって胸はぺちゃんこで、日焼けしたすべすべの肌の若きヒロイン。もっとも本書のグレッチェンは、推定年齢二十四歳前後ということなので、〝少女〟と呼ぶのはふさわしくないかも(と、このハヤカワ文庫版の校閲担当の方からチェックが入ったので、今回から〝娘〟に直しました)。

ちなみに、ライバル会社との競争に明け暮れる企業経営者に、ある大きなチャンスが舞い込むが、トラブルに見舞われ、足もとの現実が揺らぎはじめる――というプロット構造は、著者の代表作『ユービック』と共通。本書のアレン・パーセルは、『ユービック』のグレン・ランシターの遠い原型と言えなくもない。初期作品だけあって、後半のストーリー展開は本書のほうがシンプルかつストレートだが、その分、ディック作品に不慣れな読者にも読みやすいのではないか。

物語の核心は、タイトルにもなっている〝いたずら〟。原題のjapeは、「冗談を言う」「からかう」「いたずらを仕掛ける」などの意味があり、子どものいたずらではなく、大人の悪ふざけ、いわゆるプラクティカル・ジョークを指す。グレッグ・リックマンによるインタビューに答えて、ディックは本書についてこんなふうに語っている。

「SFにユーモアを持ち込もうというのが『いたずらの問題』のもくろみだった。たしかに未熟な本だが、しかし、わたしのユーモアのセンスが、この本で初めて、長篇の中に芽生えかけている」

この言葉どおり、後半はディック独特のユーモアが思いがけないかたちで炸裂する。八方ふさがりかと思いきや、意外とポジティヴなラストも相俟《あいま》って、それが本書の読後感を爽快なものにしている。まだ二十代の若きディックが書いた本書の初々しい魅力を、新たな読者諸氏にも楽しんでいただければさいわいです。

末筆ながら、お世話になったみなさまに感謝を。まずは、創元SF文庫版『いたずらの問題』で快く解説を引き受け、サスペンス・ミステリーという角度からディック作品を鮮やかに論じてくれた宮部みゆきさん。本書にも、ご本人の快諾を得て、そのすばらしい原稿を再録させていただきました。また、そもそも本書を翻訳する機会を与えてくれた東京創元社の小浜徹也氏と、このハヤカワ文庫版で編集を担当してくれた早川書房の清水直樹氏にもあわせて感謝する。ありがとうございました。

おまえは誰だ

サスペンス・ミステリーの側から見たP・K・ディックの世界

宮部みゆき

気負いこんで、思わずおおげさな副題をつけてしまいました。さてどうしよう——と思いましたが、幸い、本書『いたずらの問題』は、物語の背景こそ未来社会に設定されているものの、発端から中盤までの展開は骨法正しいサスペンス・ミステリーそのものです。極端に厳格な道徳律が支配する都市で、英雄として崇《あが》められている人物の銅像に手のこんだいたずらをしてしまった主人公アレン・パーセルに、時を同じくして、体制内での大出世を意味する昇進話が持ちかけられます。発覚・糾弾の危機に怯え、アンビバレンツな感情に苦しむアレン。悩んだ末に精神分析医を訪れてみると、そこでは、医師が「とうとうやってきたのだ、待ちに待った男が」と、彼の到着を手ぐすね引いて待ち構えていた——ねえ、これはホントに、お手本のようなサスペンス小説型導入ですよ。それも、読者をぐいぐい引きずってゆく上質のサスペンスです。ディックは、自分の物語る世界の成り立ちや時代背景について、ことさらにスペースを割いて解説するという手法をとらず、固有名詞の説明さえ抜きで、話のなかに折り込んで、とにかくどんどん書いていってしまうので、最初のうちは何がなんだかわからない部分もあったりするのですが、それを差し引いても、「おや、この主人公はどうなるのかな」と興味を抱かずにはいられない――そういう吸引力があります。

本書の訳者である大森望さんも『タイタンのゲーム・プレーヤー』（創元SF文庫）のあとがきで指摘しておられますが、ディックの作品のなかには、この種のサスペンス・ミステリー的展開をするものが、非常に多く見られます。『タイタン――』では殺人事件の犯人探しに記憶喪失が絡んでいますし、『暗闇のスキャナー』では、覆面麻薬捜査官が潜入捜査のあげく、自分自身を監視することになってしまう（この設定は、ケネス・フィアリングの『大時計』を連想させます。また、この作品には、〈スクランブル・スーツ〉という究極の覆面も登場）。『死の迷路』は閉鎖状況下での連続殺人、『流れよわが涙、と警官は言った』にいたっては、著名人であり財産家である主人公が、ある日事故にあって意識を失い、目覚めてみると、身分証明書もなく、そもそも彼が存在したという記録もなく、恋人や知人たちも彼を記憶していない「存在しない男」になってしまっていた、というお話。こういう発端に、SF的方向へ翔《と》んでいない（つまりいわゆる現実的な）結末がついたサスペンスものだったら、ウイリアム・アイリッシュあたりが書いてそうな感じがします。そういえば、あの傑作『幻の女』は、実在していたはずの女が消えてしまう話だったし――

という具合にうまくつながりましたが、そう、私は、ディックの作品の多くに、サスペンスの巨匠、アイリッシュの作品とよく似た通底音が聞こえるような気がして仕方がないのです。そしてこれは、この二作家がストーリーテラーなので、そのお話づくりの巧《うま》さが似てるのだ、というだけのことではなく、そのうえに重ねて、二人の作風のいちばん大きな土台が「不安」のひと言であるからだ――と思うのです。

ただし、二巨匠の描く「不安」の内容には、非常に大きな違いがあります。アイリッシュの描く「不安」は、誰かに陥《おとしい》れられたり、不運な偶然のいたずらで身に覚えのない罪をかぶり、逃げまわる羽目になるとか、命を狙われるとか、逆に、誤って誰かを殺してしまい、発覚を恐れているところに姿なき脅迫者の影が――などなど、どれもきわめて現実的で、魔術的に見えてもそれはトリックであり、最後にはきちんとすべて割り切ることができる「不安」であります。つまり、アイリッシュの描く不安は、三次元の箱のなかにきちんと収まっているのですね。

ではディックはどうかというと、アイリッシュの描く三次元の世界に、軸を一本加えて四次元にしてやればよろしい。すると、解決したと思うそばから、その解決の載っている「現実」がひっくりかえっていってしまい、最後には、主人公たちを苦しめ物語を引っ張ってきた「不安」そのものでさえ、確かな存在ではなくなってきてしまう――うーん、これはたまらん！　でも、これこそがまさに、ディック的悪夢の世界なのです。

また、アイリッシュの描く「不安」の物語が、たしかに、一時は読者が息苦しくなるほどに主人公たちを追いつめる苛酷なものだとしても、最後には概して明るい結末に落ち着き、（必ずしも現実の法に即しているとは限らないけれど）物語世界内ではきっちりと割り切ることのできる勧善懲悪《かんぜんちょうあく》の法則に則《のっと》って終わることが多いのに対して、ディックのそれは、これまた概して暗い結末へと着地し、読んでいてめげてしまうようなお話に終わることが多い。これも大きな相違点ですね。同じように正体のわからない「不安」が主人公たちを脅《おびや》かすという物語を綴《つづ》りながら、何故《なにゆえ》にこの違いが生じるのか。

もちろん、個人的な資質、パーソナリティの差があるからだというのは当然ですが、それだけでなく、わたしは、この二巨匠の作品に、彼らの活躍した時代が反映しているからではないかと考えています。アイリッシュの最初の長篇『黒衣の花嫁』は一九四〇年の作品で、最後の長篇『運命の宝石』は一九六〇年に発表されたもの。対するディックの初長篇『偶然世界』は一九五五年発表（ただ、彼は、長篇を書き始める以前に凄《すご》い短篇を山のように書いてますから、実質的な活動開始はもう少し前のことになりますが）、実質的に最後の長篇となった『聖なる侵入』『ティモシー・アーチャーの転生』は、一九八二年のディックの急逝に前後して発表されている——

アイリッシュの時代には、世界は——とりわけ、彼の暮らしていたアメリカ社会は、まだまだ健全で、頑強で、どうやったってひっくりかえしようのない磐石《ばんじゃく》のものでありました。しかし、ディックが生きて創作活動をした時代は、それとは対照的に、一度頂点まで昇りつめたアメリカの権威が、徐々に、でも確実に揺らぎ始め、経済的基盤も動揺してゆく、いわば「負の時代」でした。麻薬の蔓延《まんえん》やエスカレートする暴力、不景気、ますます激しくなる人種間の対立などによって、国全体が病み衰えていった時代なのです。もちろん、超大国アメリカが初めて経験した悲惨な負け戦《いくさ》、しかも大義なき負け戦だったベトナム戦争も、大きな影を落としている――

それでなくても、才能ある作家は、時代を見通し、先へ先へと読む力を持っているものです。五〇年代初頭から、P・K・ディックの感性は、どの政治家や財界人よりも正確に、アメリカ社会の行く手に待ち構えている多種多様な困難・幻滅・価値観の混乱を見抜いていたのかもしれません。今、二本の足で立っているこの「現実」、この価値観は、誰かがどこかでパチンと指を鳴らすだけで、さっと消え失せてしまうかもしれない。あるいは、幸せに楽しく過ごしていると感じているこの「現実」は、何者かの手によって周到につくりあげられ、管理されている、ただの幻にすぎないのかもしれない。そんな考え方をするようになると、そこから生じる「不安のなかの逃避行」は、もう、かつてアイリッシュが描いた「最後には必ず健全で幸せな世界に逃げ戻ることのできる、異世界探検物語」ではなくなってしまいます。なぜなら、異世界はここにも、そこにも、どこにもあり、現実そのものが異世界なのだから。そして、この異世界のどこを探しても、希望のかけらさえ転がってはいないのです。

たとえば、アイリッシュの小説のなかには、しばしば、窮地《きゅうち》に陥《おちい》った主人公たちを救《たす》けてくれる「善意の第三者」が登場します。また、主人公たちを最終的に救ってくれる存在懐《ふところ》は、ほとんどの場合、警察や新聞社などに代表される「正義と権力」の象徴で、そのにたどりつくことによって、主人公たちは「悪」に対して勝利をおさめるのです。また、主人公がなんらかの理由で「悪」に染まっているときは、彼がそれらに投降《とうこう》することによって物語が閉じるのです。しかし、ディックの小説のなかには、どんな絶対的な権威もなく、強力な救済者もいません。手を差し伸べてくれる「善意の第三者」も、一皮むけば主人公と同じ落ちこぼれ、存在の定まっていない人物です。つかんだと思った謎の解答は、逃げだすのでもなく、消えるのでもないけれど、その存在が感じられなくなってしまう。それどころか、自分が誰なのかもはっきりしなくなってしまう――

というようなことを考えつつディックの作品に触れていると、「やあ、大変だったろうなあ。長生きできなかったのも無理ないかもしれないなあ」と感じずにはいられません。作家というのは、作品のオリジナリティ（あなたが生んだこの作品に、あなたでないと出せない個性が添えられているか、という意味の独自性）を確認されることによって、自らのアイデンティティを、絶えず厳しく問われている職業です。それだけだってひと苦労なのに、それに重ねて自分の作品世界のなかの人物にまで、常に「オレは本当にオレだろうか」と問いかけさせるなんて、二重に首をしめるようなもの。考えるだけでしんどくなってきます。

しかし、P・K・ディックは、敢《あ》えてそれをやった人でした。周囲の人々に、社会に、権威に、「これは本物かい？　これはたしかに現実なのかい？」と問いかけながら、また、暗い鏡のなかにうつった自分の顔に対しても、「おまえは誰だ？　おまえは人間か？」と問いかけることをやめなかった人でした。その問いかけに答えがないことの不安を、返ってきた答えを信じることのできない恐怖を、極上《ごくじょう》の「お話」に載せて紡《つむ》ぎ続けたストーリーテラーでした。

そして、ディックが多くの読者から支持され、死後もなお愛され評価され続けているのは、お話やアイディアが飛び抜けて面白いということももちろんですが、それと同時に、ディックが常に、彼の作品を読む読者と同じように、目で見たものが正しいかどうか不安がり、自分の存在を信じることができるかどうか不安がり、現実にはいつも裏があるような気がして不安で仕方なく、自分の居場所がないのではないかと狼狽し、愛する人たちを見舞う非情な死を憤り悲しんでいたから――常に怖がっていたからではないかと、わたしは思います。

ひょっとすると、P・K・ディックという人は、あれだけの才能を持ち合わせてはいたものの、現代社会を生きぬいてゆくには、あまりに優しい人でありすぎたのかもしれません。前述の『暗闇のスキャナー』の作者あとがきで、ドラッグで倒れていった自分の友人知人たちの名前を書き並べてあるところなどを読むと、ホントにそう思います（そして、わたしはこの『暗闇――』がディックの最高傑作だとも思う。また、あれほど悲しく痛ましい結末の小説は、ほかにはちょっと見当たらないとも思います。未読の方は、本書を読了されましたら、何をおいてもぜひぜひ読んでみてください）。

後年、P・K・ディックは神学・哲学的な思想をたくさん盛り込んだ作品を発表するようになり、また、自身もカルト的な人気を得て、一種の神学をうちたてるような方向へ走りますが、それまでのありようから考えると、これも不思議なことではなかったでしょう。そういう形で、彼は「不安」からの出口を探していた、そして、同じ不安を抱える多くの現代人が、彼のあとをついていったのです。

面白いことに、サスペンス・ミステリーの世界でも、近年、二重底《にじゆうぞこ》結末というか、いったんメデタシメデタシで解決したと思ったのに、ところが——という作品が増えてきています。これは、従来の、どんでん返し、ファイナル・ストライク的なものではなく、アイリッシュ流の正統なお話の閉じ方の向こうに、「ちょっと待った、まだ先がある」というひねりを持ってきて、わざとラストの座りを悪くし、その分幅を持たせているとでも申しましょうか。映画でも、たとえば最近話題の『氷の微笑《ブレコグ》』など、解釈次第で犯人が違ってきてしまうとか。まるで、ディックの描く予知能力者が、実現可能な未来を平行に並べて見通し、検索するときみたいなものですね。

サスペンス・ミステリーの成否は、一にも二にも、観客や読者が「登場人物の身の上を自分のことのように心配してくれるか」ということにかかっています。そういうジャンルの作品が、なんとなくすっきりしない形で終わった方がウケるというのは、観客や読者、つまりは我々を取り巻いている現実社会そのものが、なあんとなくいつもすっきりしなくて、すべてが嘘臭く、裏がありそうに見えるからではないでしょうか。どっしりと安定感のある結末、整ったハッピーエンドでは、作り事めいた気持ちになる、不安感を引きずったほうが現実味がある、というわけです。これは、ディックが予見し描き続けてきた暗い未来社会像が、少しずつ現実になってきつつあることの証拠であるのかもしれません。

ひょっとすると、私も、これをお読みの読者諸賢のみなさんも、気づかないうちに、たとえば夜中に夢中歩行して、洗面所に行き、鏡に向かって、「おまえは誰だ？」と問うているのかもしれません。そして、問われた鏡は、『タイタン――』に登場する車やティーポットみたいな「ラシュモア効果」で、

「あなたは人間じゃない。電気蟻です」（「電気蟻」ハヤカワ文庫ＳＦ『アジャストメント』所収）と答えているのかもしれない――

怖いなあ。今のこの世界を、天国のディックはどんなふうに眺めているのでしょうね。

本書は一九九二年十月に東京創元社より
刊行された作品を再文庫化したものです。

訳者略歴　1961年生，京都大学文学部卒，翻訳家・書評家　訳書『銀河の壺なおし〔新訳版〕』ディック，『ブラックアウト』ウィリス，『カエアンの聖衣〔新訳版〕』ベイリー，『すばらしい新世界〔新訳版〕』ハクスリー　編訳書『人間以前』ディック　著書『21世紀SF1000』（以上早川書房刊）他多数

HM=Hayakawa Mystery
SF=Science Fiction
JA=Japanese Author
NV=Novel
NF=Nonfiction
FT=Fantasy

いたずらの問題《もんだい》

〈SF2195〉

二〇一八年八月二十日　印刷
二〇一八年八月二十五日　発行
（定価はカバーに表示してあります）

著者　フィリップ・K・ディック
訳者　大《おお》森《もり》望《のぞみ》
発行者　早川　浩
発行所　株式会社　早川書房
郵便番号　一〇一‐〇〇四六
東京都千代田区神田多町二ノ二
電話　〇三‐三二五二‐三一一一（大代表）
振替　〇〇一六〇‐三‐四七七九九
http://www.hayakawa-online.co.jp

乱丁・落丁本は小社制作部宛お送り下さい。送料小社負担にてお取りかえいたします。

印刷・精文堂印刷株式会社　製本・株式会社川島製本所
Printed and bound in Japan
ISBN978-4-15-012195-2 C0197

本書は活字が大きく読みやすい〈トールサイズ〉です。